CONTES

ET

AUTRES POÉSIES,

Par M. Bazot.

Troisieme Edition.

Paris.

CARRÉ, IMPRIMEUR-GRAVEUR,
77, Passage du Caire, près la rue St-Denis.

1838.

CONTES

ET

AUTRES POÉSIES.

CONTES

ET

AUTRES POÉSIES,

Par M. Bazot.

***

Troisième Edition.

***

Paris.

CARRÉ, Imprimeur-Graveur,
77, Passage du Caire, près la rue St-Denis, 77.

1838.

Sur ces Contes.

Nous aimons le Conte moral,
  Non pas pour nous, mais pour les autres.
Conteurs moraux, dites vos patenôtres,
  Ou faites un sermon oral
  A tous les vrais ou faux apôtres,
Nos chers amis, vous n'êtes pas des nôtres :
  Votre ton est trop doctoral,
Trop ennuyeux et trop peu libéral.
  Les nôtres sont LAFONTAINE et VOLTAIRE,
Ces princes des conteurs qu'on ne peut égaler,
  Sur lesquels il faut se régler,

Quand on veut amuser et plaire ;
Nous les suivons de loin, ne pouvant pas mieux faire ;
Mais si nous possédons un peu de leur gaîté,
De leur aimable liberté ;
A nos tableaux, par fois, si nous faisons sourire,
Heureux alors, nous pourrons dire,
Le succès légitimant tout :
On peut être fort gai, sans offenser le goût.

CONTES.

LA NOUVELLE EVE.

Quoiqu'en ait dit maint sophiste nouveau,
J'aime à citer notre sainte écriture
En tout sujet : c'est un livre fort beau,
Où la raison et la simple nature
Brillent partout de cette clarté pure,
Que n'a nulle œuvre, enfant d'humain cerveau.
Si dans Eden, l'arbre de la science,
Seul défendu, rend fades tant de fruits
Que prodiguait la terre en sa naissance
A deux époux du créateur chéris ;
Si madame Eve, hélas ! trop curieuse,
Et préférant la science au plaisir,
De tant de biens ne sut long-temps jouir,
Je reconnais l'inquiète faiblesse
Qui du beau sexe en se rendant maîtresse
La tyrannise, et ravit ces douceurs,
Partage heureux d'une ignorance aimable.
L'histoire d'Eve est donc bien véritable ;
Et l'incident que je vais vous conter,
Foi de conteur, n'est non plus une fable,
Bien que plusieurs l'aient voulu contester.

Jadis vivait dans une île prochaine
Des vastes mers aujourd'hui souveraine ,
Un beauté digne du premier rang ,
Par son esprit , par son illustre sang ,
Et par l'éclat d'une grâce divine ,
C'était Minerve , ou , si l'on veut, Cyprine.
Amours nombreux accouraient sur ses pas ,
Lorsqu'en un bal elle daignait paraître ;
Et sur la fin d'un aimable repas ,
Parmi lettrés mondains et délicats ,
De mille esprits le sien se rendait maître.
Manquait-il rien à son parfait bonheur
De ce qui flatte et l'esprit et le cœur ?
Elle ne fut cependant assez sage
Pour se borner à cet heureux partage.
De vaine gloire une imprudente ardeur
Saisit ses sens , alors qu'en ambassade
Son noble époux , personnage assez fade ,
Est envoyé vers le très-haut Sultan.
Elle se dit : « De l'empire Ottoman
« Nul n'a décrit les mœurs très-singulières ,
« Qu'à tort peut-être on ne croit que grossières;
« Ou je me flatte , ou les puissans destins
« A mon esprit ont réservé la gloire
« D'offrir un jour à mes contemporains
« Sur ce sujet un curieux mémoire ».

Pour achever un si nouveau travail ,
C'était trop peu de parcourir Byzance ,
Si par son or et par son éloquence
Elle n'ouvrait les portes du sérail.
De ce métal la suprême puissance ,
Jointe aux attraits d'une rare beauté ,
Sut donc fléchir l'inflexibilité ,
Du monstre noir de qui la vigilance
Change en enfer un lieu de volupté.
Il l'introduit à l'heure où sa Hautesse ,
Dans mille objets que tourmente son choix ,
En cherchait un qui piquât sa mollesse ,
Et de l'amour lui fît sentir les lois.
L'ambassadrice , à sa vue incertaine ,
Veut se soustraire , et la frappe d'abord.
« D'où vient , dit-il , cette nouvelle aubaine ?
« Dans quelle ville ou sur quel heureux bord
« A tant d'attraits le ciel donna-t-il l'être ?
« Ici mes yeux jamais n'ont vu paraître
« Rien de si beau ». L'eunuque répondit :
« — Puissant Seigneur, une île européenne
« Est sa patrie , et madame est chrétienne.
« — Epargne-moi les longueurs d'un récit.
« Par Mahomet, turque , juive ou payenne ,
« Je veux ce soir l'admettre dans mon lit , »
Reprend le maître , et l'esclave obéit.

Bains parfumés de rose orientale,
Sorbets exquis, concerts voluptueux,
Tout aurait fait de cette nuit fatale
Objet d'envie à la reine des dieux.
Mais milady la passa dans les larmes,
Dans les regrets, dans d'horribles alarmes,
On doit le croire ; et faute de témoins
En bon chrétien, j'en juge ainsi du moins
Par les malheurs qui vinrent à la suite
De l'accident qui l'a trop bien instruite.

    Le messager de ce vaste univers,
La renommée, indiscrète femelle,
Franchit les monts, les plaines et les mers
Et du malheur qu'avait eu notre belle
En diligence en porta la nouvelle
Jusques aux lieux à son cœur les plus chers.
Avec ardeur l'occasion saisie
Fit triompher l'active jalousie ;
Elle en reput ses avides serpens :
Fortune, attraits, surtout rares talens,
La proie était, hélas ! trop bien choisie
Pour n'être pas tirée à belles dents.
De Twickenham l'habitant satirique,
A milady par les muses lié,
Ose immoler cette sainte amitié
A la fureur de sa verve caustique.

Mal fait de corps, et d'esprit plus mal fait,
Tel qu'une guêpe à piquer acharnée,
Dans cette fleur il enfonça le trait,
Le trait fatal dont sa tige fanée
Mourut bientôt pour les bords qu'elle ornait.
Funestes fruits d'une erreur passagère !
Au sol natal devenue étrangère,
L'ambassadrice erra loin d'Albion,
Que sans retour fermait l'opinion
A ses regrets, à sa douleur amère.
    Cœurs généreux, plaignez le triste sort
De milady victime d'un beau zèle
Poussé trop loin, sans qu'un si léger tort
Pût mériter la vengeance cruelle
Qui la suivit jusques au sombre bord.
Mais bénissez votre heureuse naissance,
Doctes beautés, ornemens de la France,
Où réunis par des nœuds fraternels
L'Olympe voit les neufs Sœurs et les Grâces,
Avec l'amour suivre les mêmes traces,
Et sans débats partager leurs autels.

LA GRISETTE.

Non, ne me parlez point de ces femmes hideuses
Qui, goûtant dans le *vice* une tranquille paix,

« Ont su se faire un front qui ne rougit jamais. »
Parlez-moi bien plutôt de ces femmes heureuses,
     Un peu folles, voluptueuses,
     Sages encor dans leurs excès ;
Ces filles du plaisir ne sont point dangereuses;
Rares et peu cuisans du moins sont les regrets.
     Qui pourrait voir sans épouvante
     La vile et stupide bacchante
     Se livrer au premier venu ;
     Et dans son bouge, plus ardente,
     Plus terrible, plus délirante
     Que l'homme le plus corrompu,
     Se dire en sa joie effrayante :
     Homme ! ton moral est perdu ;
Sans rougir, avec moi tu suis la même pente.
Pour jamais dégradé, dans le vice éperdu,
     L'homme par la femme est vaincu !
     Ah ! qu'une image consolante
     Succède à ce tableau trop nu.
     La grisette vive et piquante,
     Cédant à l'amant qui l'enchante,
De son goût passager se fait une vertu ;
     Et l'homme amoureux quelle enchaîne,
     Savourant le plaisir sans peine,
     Lui doit ses momens de bonheur :
Sans troubler son esprit elle amuse son cœur.

En tout temps, mes amis, tenez-vous à vos femmes;
    Le vrai bonheur vient de ces dames ;
    Elles embellissent vos jours.
Mais, si vous les perdez, dans vos nouvelles flammes,
    (On ne peut s'affliger toujours),
    Mes conseils guideront vos âmes :
Les grisettes, amis, sont les sœurs des amours.
    J'en ai connu de bien jolies,
    Et pour elles j'ai soupiré ;
    Mais du récit de mes folies,
    Nul de vous ne me saurait gré.
    Je vous parlerai de Rosine,
    L'aimable et charmante héroïne
    De ce conte semi-moral,
    Où ma muse folle et badine,
    A la raison froide et chagrine,
    Livre un combat très-inégal :
On sait qu'en une affaire à peu près libertine,
    La raison se bat toujours mal.
    Rosine était la beauté même ;
A peine elle comptait son quinzième printemps,
    Que déjà mille et mille amans
    Lui juraient un amour extrême ;
    Et je crois à leurs sentimens,
    Car j'aurais bien juré de même.
    On m'a dit qu'aux plus doux attraits

2

Elle unissait toutes les grâces ;
Que les amours suivaient ses traces,
Et rendaient encor plus parfaits
Les dons nombreux, tous les bienfaits
Qu'elle devait à la déesse,
Mère de cet enfant si doux,
Que l'on chérit, que l'on caresse,
Et qui traîtreusement nous blesse,
Se moquant de notre courroux,
Ou riant de notre faiblesse.
Bien peu de chose est la beauté
Si les talens, l'esprit et l'amabilité
Ne composent son apanage ;
Rosine les eut en partage,
Et sut y joindre la bonté,
Trésor précieux à tout âge.
Ce chef-d'œuvre tant accompli,
Et sans médisance assez rare,
A moins d'un destin fort bizarre,
Ne pouvait être enseveli
Au milieu d'un monde poli.
Rosine fut bientôt connue,
Et la foule des courtisans
De tous mérites, de tous rangs
Près d'elle aussitôt accourue
Lui fit une cour assidue.

Femme résiste rarement
Aux piéges que tend la richesse.
Les titres, les honneurs d'un grand,
L'éclat d'un mérite éminent,
Ou bien d'un galant la jeunesse
Tourmentent la pauvre sagesse
Jusques au bien heureux moment
Où son dernier gémissement
Fait pousser au vainqueur le cri de l'allégresse.
Rosine succomba non sans avoir lutté
Et fait fort chèrement acheter la victoire ;
Mais un brave n'est rebuté
Par l'extrême difficulté :
Sans la peine où serait la gloire ?
Honneur ! honneur à leur mémoire !
Voilà donc un premier faux pas !
Le premier est le seul qui coûte :
Un premier pas dans cette route
Est l'indice assuré qu'on ne s'arrête pas
Avant cent, avant mille.. Ëh! quelle est mon envie?
Les nombrer serait d'un vrai sot.
Heureux qui se montre assez tôt
Pour augmenter la litanie.
Dans la carrière des plaisirs
Rosine n'eut point de modèle,
Et jamais de nobles soupirs

Ne furent méprisés par elle.
Un soir, qu'en tête à tête avec un tendre amant,
Elle s'entretenait de ses espiègleries,
  Et traitait fort légèrement
Le chapitre assez long de ses galanteries ;
  Pardieu, lui dit son confident,
  Au milieu de tes railleries,
Je vois que tout Paris fut bien reçu de toi.
— Tout Paris! c'est beaucoup. — Non. Sois de bonne foi,
  Et montre-moi de la franchise.
— A vos ordres, monsieur, parlez, je suis soumise.
— Le ministre Cléon... — Ah! c'est un grand seigneur;
  De plus un ministre en faveur.
— Passons. Le général... — C'est par son entremise
Que j'ai fait officier mon aimable cousin.
— Oui, que nous connaissons pour un franc libertin.
Mais laissons le cousin, qui n'entre point en compte,
Parlons du colonel..... — C'est un pair, un vicomte
Célèbre par ses faits comme par ses aïeux.
    — Ce membre de l'Académie...
    — C'est un homme d'esprit. — Au mieux.
Et cet ambassadeur. — Ah! point de raillerie,
  Sa jambe est vraiment faite au tour.
— Une jambe! merveille ! Et le banquier Melcour...
    — Pour une femme qui sait vivre,
Un banquier généreux est le plus grand trésor.
— Et ce fat de baron... — Chaque femme se livre

A ce petit fat-là. — Soit, je l'admets encor.
    Mais, le chevalier de Florbesse
    Que l'on siffle dans tout Paris.
— Pour cet homme sifflé, d'honneur, je le confesse,
    On ne peut avoir de faiblesse ;
De mon goût, cependant, tu dois être surpris ;
    Mais voilà ce qui m'intéresse :
    C'est le meilleur de tes amis...
    Si l'on refuse de me croire,
Du cœur d'une grisette on connaît peu l'histoire.

MYLORD JOHN A PARIS.

Dans ces lieux qu'à Paris de bizarres idées
Ont fait si plaisamment nommer *Champs-Elysées*,
(Deux mots dont l'alliance offense Vaugelas
Mais qu'en rimeur hardi je ne réprouve pas),
Un jour se promenait un grave personnage
A l'épaisse encolure, au rubicond visage,
Dont l'air triomphateur, le costume étoffé,
Annonçaient, comme on dit, un homme né coiffé.
Il l'était en effet, mais non de la manière
Qui fait qu'un bon mari, la tête la première,
Dans l'humide élément, par un beau désespoir,
Va conter aux poissons, ébahis de le voir,

De sa tendre moitié les fredaines fatales
Qui causent son voyage aux rives infernales.
Notre homme né coiffé n'était pas aussi fou.
Mille fois dans son art s'il exposa son cou ,
Ce fut un héroïsme inconnu du vulgaire ;
Mais qui trouve souvent un peu haut son salaire:
Car il faut à la fin avouer au lecteur
Que l'homme né coiffé fut un heureux voleur.
Mylord John est son nom, et Londres le vit naître;
C'est à Londres surtout qu'il exerçait en maître
Cet art où , sur le droit , l'adresse a tout pouvoir;
Où la dextérité remplace le savoir ;
Et donne incessamment au professeur habile
Sur le bien du prochain un droit indélébile ;
Art fameux en tout tems et qu'on réprouve à tort,
Puisqu'à Lacédémone on l'applaudissait fort.
Mylord John sut dix ans diriger les cohortes
Des professeurs anglais qui visitent les portes ,
Les fenêtres , les lieux ouverts ou mal fermés ,
Et qui du bien d'autrui sont toujours affamés.
Dix ans , il sut braver les rets de la police ;
Dix ans , il évita la main de la justice ;
Mais enfin trop connu par ses exploits nombreux,
Et bientôt satisfait d'être riche et fameux ,
Un beau jour , sans éclat , il quitta l'Angleterre,
Saluant d'un soupir une terre si chère ,

Terre de liberté, mais où, sans hésiter,
On vous pend un voleur qui se laisse arrêter.
En bon Anglais Mylord voulut voir cette France,
Paris, Paris surtout, séjour de l'abondance,
Et de tous les plaisirs pour quiconque a de l'or ;
Plaisirs souvent bien chers et qu'on regrette encor.
Il vint donc à Paris, non guidé par l'envie
De retremper chez nous sa subtile industrie ;
Il voulait, librement, en paix et sans soucis,
Se faire honneur de biens à grands dangers acquis,
Recevoir les respects des fournisseurs avides
Qui jugent un haut rang à qui n'a les mains vides,
Et, sur ses coffre-forts, établir ses vertus.
De tels soins, rarement, ont été superflus ;
En tout tems, en tout lieu, quoique chacun en glose,
Nous sommes destinés à voir semblable chose.
Sans avoir dérobé leurs biens et leurs honneurs,
Combien, comme Mylord, sont de très-grands seigneurs!
Mais remettons un rôle et fatigant et triste,
Un *conteur*, après tout, n'est pas un *moraliste*.
Depuis près de six mois Mylord John s'amusait.
Riche comme Plutus, comme tel il payait.
La table, le tripot, le spectacle, les femmes,
Dont, pour son culte heureux, l'amour forma les âmes,
Faisaient de sa maison un Pactole nouveau.
Ce petit train de vie est joyeux, s'il n'est beau.

Tel qu'il est, je le tiens bonne philosophie.
Si j'étais jeune et riche, il serait ma folie.
Mylord John est connu, revenons sur nos pas.
Un jour se promenant, lesté d'un bon repas,
Sa canne à pomme d'or le soutenant à peine,
Non que Bacchus rendît sa démarche incertaine,
Mais, assez mal ingambe, en sa rotondité,
Un pas bien lourd suivait un autre pas compté;
Et Mylord lentement faisait sa promenade.
Un *quidam* près de lui passe et d'une gambade
Le renverse à moitié. Le colérique Anglais
Lui dit, montrant le poing: *french dog!* (chien de Français),
Et le chien de Français de s'arrêter et rire
A quatre pas. Mylord sent augmenter son ire;
Il veut courir, ne peut et demeure réduit
A jurer, à pester, à s'en tenir au bruit
De mille mots confus dont en vain il accable
Le rieur, qui le fait se redonner au diable.
Un homme très-bien mis et d'un ton fort civil
Vient à Mylord. Monsieur est étranger, dit-il,
Et paraît en courroux?..— Le colère il est bonne;
Ce faquine a voulu jeter bas mon personne,
Goddam! qu'il me plairait la rondiner beaucoup,
Ou boxer fortement, lui donner maint bon coup!
Voyez, il est encor là bas qui goguenarde.
— De quel air insolent le drôle vous regarde!

—Si je pouvais courir, bien forte il est mon bras...
— Oh ! je suis indigné...'—Ce Français fait grand cas
Des Hanglais *very well*...—Je suis d'une colère...
De l'hospitalité qui vous fut toujours chère
Trahir ainsi les lois ! — *Yes ! yes !* il a du bon,
Je l'hestime...—Que n'ai-je une canne, un bâton...
Courant sur ce coquin, châtiant son audace,
Je voudrais le laisser expirant sur la place...
Scélérat !.. un bâton !.. ô bonheur ! j'apperçoi.
Une canne en vos mains, Mylord.prêtez-là moi,
Et vous verrez beau jeu...–L'idée il est charmante.
J'accepte *gentlemen,* tant mon hâme est contente;
Rossez-le sans pitié, beaucoup, infiniment ;
Pour moi, d'abord, et puis pour ma gouvernement:
Respect à tout Hanglais.— A l'homme qui s'agite
Il présente sa canne, ajoutant: hallez vite ;
Je vous hattends ici... L'homme part, le rieur
Le voyant accourir, part aussi de grand cœur.
Il fait plusieurs détours; l'homme de près le serre,
Et Mylord de se dire : il l'hatteindra j'hespère ;
Et de crier : bravo ! courage !... Vingt détours
Protègent le rieur, que l'homme suit toujours;
Enfin Mylord se fâche ; avec force il rappelle
Le soutien malheureux de sa triste querelle.
Mylord appelle envain. Le vengeur, l'offensant
Se joignent tout à coup, et, dans le même instant,

Disparaissent. Mylord sur la place demeure,
Espérant les revoir : hélas ! après une heure
Et d'attente et d'ennuis Mylord prit le parti
De rebousser chemin, par ce tour averti.
Que de deux grands fripons il était la victime.
Ce n'était dans le vol qu'il admettait le crime ;
Mais son orgueil blessé lui rendait cet affront
Plus sensible. *Goddam* ! dit-il, frappant son front :
Mon canne à pomme d'or qui valait vingt guinées
N'est rien, je l'eus *gratis*, par delà dix années ;
Mais ces fripons Français, et c'est là qu'est le mal,
Montrent, en me volant, *l'esprit national*.

On connaît les Anglais : ce sont gens honorables ;
Mais on voit par Mylord, que même en cas pendables,
Anglais, Français marchant au fatal rendez-vous,
D'être pendu d'abord, l'Anglais serait jaloux.

***

LE MÉDECIN IMPROMPTU.

« Quand la goutte assaillit et vos corps et vos âmes,
» Renoncez pour toujours aux plaisirs enchanteurs ;
    » Abstenez-vous et du vin et des femmes,
    » Buvez de l'eau, » disent de grands docteurs.
    C'est fort bien dit, doctes personnes,
    Sans doute vos raisons sont bonnes,

Mais de guérir, est-on bien assuré ?
Neutre et sage à la fois, je ne prononcerai ;
 Il est mieux de vous mettre aux prises
 Avec un docteur tout nouveau ;
 Faibles ne sont ses entreprises,
 Et point étroit n'est son cerveau.
Messieurs, c'est à Berlin que se passe l'histoire,
Où l'on vous l'apprendra si mieux n'aimez me croire.
Vous me croirez. On sait que le meilleur moyen
Pour mériter le ciel, pour se rendre agréable
A ce sexe charmant, en tout tems adorable,
C'est de croire beaucoup. Qui ne doute de rien
Se fait fort estimer, trouve tout favorable ;
Confiance toujours fut un très-bon soutien ;
Confiance est un lit où l'on repose bien.

Un joyeux amateur et du vin et des belles,
Aimant fort le vin vieux et les femmes nouvelles,
Fit tant de beaux exploits dans les champs de Bacchus,
Captiva tant de cœurs à la cour de Vénus,
Que chargé de lauriers beaucoup moins que d'années,
 Il vit borner ses destinées,
Et fut contraint, hélas ! de confier au lit
Un corps que tourmentait la goutte impitoyable,
Que libéralement il envoyait au diable,
 Que jamais le diable ne prit.
Le goutteux avait femme et de sens et d'esprit.

La dame, à son époux voulant rendre l'usage
  De son corps perclus de moitié ,
  Epuisa de bonne amitié
Tous les secrets de l'art sans aucun avantage,
Et, ce qui surprendra, sans plus ample dommage.
Madame était colère, et ses soins sans effet
  Devinrent un très grand sujet
D'emportement. Propos, injures des plus vives
Sont fréquemment ornés d'épithètes naïves
Que je répéterais si j'étais hazardeux ;
Mais que devineront mes aimables lectrices ,
Qu'on ne verra jamais paisibles spectatrices
  Près de leurs chers maris goutteux.
Les propos et le bruit ne faisant des merveilles ,
Et sentant par dégrés s'échauffer ses oreilles,
La dame, vertement, menace son époux
  De se livrer à son courroux
S'il persiste à garder le lit et le silence ;
Le silence surtout, car c'est là qu'est l'offense.
Une femme, on le sait, ne parle qu'à propos ,
  Et ne pas répondre deux mots
  A ses discours pleins de franchise ,
C'est douter de son sens. Maris, qui n'êtes sots ,
  La réplique vous est permise ;
Une femme, Messieurs, veut qu'on la contredise.
Celle dont nous parlons ne pouvant émouvoir

Le goutteux par trop impassible ,
S'afflige, se désole , et dans son désespoir ,
Digne de la pitié de toute âme sensible ,
Elle prend un bâton.... De l'amour conjugal
    Reconnaissez le vrai courage !
    Sur le goutteux elle fait rage ,
    Frappant d'un bras toujours égal ,
Bien actif et bien fort, et comme infatiguable.
Des effets du bâton salutaires secours !
    Le goutteux que frappe toujours
    Sa moitié toute charitable ,
Commence à s'animer. Elle frappe plus fort ;
Il murmure, se plaint, s'emporte...point de grâce,
    Le moyen est trop efficace ;
Guérison se poursuit à tout nouvel effort.
Femme ne peut toujours faire le diable à quatre ,
Et , battant son mari, ne peut toujours le battre.
La femme du goutteux se repose un moment,
Prête à recommencer un si bon traitement.
    Cela ne fut pas nécessaire.
    L'époux tout bouillant de colère
Se saisit du bâton et l'en frappe à son tour
Que c'était à peu près comme échange d'amour.
    Si qu'en frappant et refrappant s'opère
Parfaite guérison. Se sentant bien guéri,
    Il s'en vient en courtois mari

3

Rendre, larmes aux yeux, des grâces à sa femme,
    Et l'embrasser de tout son cœur ;
      Peu satisfaite était la dame,
Tant les coups de bâton pesaient fort sur son âme;
    Mais bientôt passa son humeur ,
Songeant combien sa cure est grande et merveilleuse,
Et peut, en pareil cas, rendre une femme heureuse ;
Car elle se disait avec un sens exquis :
Un bon mari de bout c'est la paix au logis.

LE CONSPIRATEUR.

    Du plus haut d'une diligence
Un homme est descendu , grave , mystérieux.
Vers l'auberge on le suit d'un regard curieux;
    A table il se place en silence ;
    Puis, sans daigner lever les yeux,
    Dans son laconique langage,
Il demande au garçon , du pain et du fromage ,
    Et reprend son air soucieux.
Du pain et du fromage est une maigre chère,
    Dit à mi-voix, le serviteur !
L'étranger, qui l'entend, répond avec colère :
    L'ami , vous êtes un sot hère ;
Je déteste un valet qui fait le raisonneur ;
    Servez ; réprenez votre carte.

Du pain et du fromage, on en mangeait à Sparte,
Et Sparte fut toujours un pays en honneur.
L'étranger, sans songer que dans l'ombre on l'observe,
    Fait tranquillement son repas,
    Ne conservant d'autre réserve
    Qu'aux voisins de ne parler pas.
Dans ses réflexions fort longtems il demeure,
Puis on entend ces mots : *Il faut que le roi meure!*
Ces mots sont prononcés en étouffant la voix ;
Mais bientôt un monsieur, décoré d'une croix,
    Ceignant l'écharpe nécessaire
    Pour exercer son ministère,
A l'étranger, il dit : Je suis le Magistrat
Qui veille en cette ville au salut de l'état.
Vos papiers, votre nom....—Mes papiers! pourquoi faire?
Je ne m'en sers jamais. Des papiers d'ordinaire
Égarés ou perdus mettent votre secret
    A la merci d'un indiscret.
    Quand on conçoit et qu'on arrête
    Un grand projet, c'est dans sa tête
    Qu'il doit résider prudemment,
Et le mien y demeure invariablement.
Vous demandez mon nom ! un peu de patience,
Monsieur, la renommée un jour vous l'apprendra.
    Il est encor sans importance,
    Mais mon projet l'illustrera.

— Fort bien ! daignerez-vous me dire

    Où vous comptez porter vos pas ?

— A Paris .— A Paris ! je vous ferai conduire.

— Non ! je m'y rends à pied.—Cela ne se peut pas.

— Si ! car ma bourse est vide.—Oh ! qu'à cela ne tienne.

     Mon devoir veut que je prévienne

Vos désirs, vos besoins. Vous irez à Paris

     Dans une excellente voiture,

     Avec deux voyageurs choisis,

Biens armés, pour parer à mauvaise aventure ;

     Ils vous mettront en bon logis,

Vous défrayront partout comme de vrais amis,

Jusqu'à votre arrivée en notre capitale ;

Oh ! tout se passera dans la forme légale.

— Magistrat ! jé louerai cé sentiment humain

Qui vous fait, comme vous, traiter votré prochain.

Vous daignez m'obliger mêmé sans mé connaître ;

C'est bien noblé, bien grand, j'aime à lé réconnaître ;

J'accepte pour demain.— Non pas, pour aujourd'hui ;

La voiture est en bas, les gendarmes aussi :

La loi parle, en son nom de vous je me rends maître.

— Qu'est-ce à dire? ai-jé l'air d'un hardi malfaiteur,

     Vagabond, faussaire, voleur,

     Signalé pour son infamie ?

Sachez mieux mé juger. Jé suis littérateur ;

Pézénas est la ville où jé reçus la vie ;

Du collège du lieu jé suis lé prix d'honneur.

Lé Baron dé Verlac, conduit par son génie,
    Cédant au plus noblé destin,
Veut voler à la gloire, objet dé son envie,
    Et non voler sur un chemin.
    — C'est bien! très-bien! je vous l'atteste;
Vous avez de l'esprit, oh! beaucoup d'esprit, peste!
    Mais tout est prêt; il faut partir,
Ou la force publique est là pour vous saisir.
Dans ce cas c'est à pied que se ferait la route,
    La corde au bras, puis la prison,
    Dont l'ordinaire n'est pas bon.
    La voiture vaut mieux sans doute;
Bonne table, bon gîte. En prisonnier d'état
Vous voyagez gaîment et non point en pié-plat.
    — Mon choix n'est pas douteux et jé vous rémercie
    Dé votré raré courtoisie;
    Par elle jé réussirai
Dans mon projet, honneur dé ma chèré patrie,
Et vainqueur, au succès, jé vous associerai.
    — Merci! merci! je hais la gloire
Qui trace, en trait de sang, notre nom dans l'histoire.
Quel propos, dit Verlac, à soi-mème, parlant!
Qué diable en mon affaire a-t-il vu dé sanglant?
Cet hommé, par accès, est fou jé dois lé croire.
Pauvre homme! Il n'est pour toi dé templé dé mémoire!
On part et l'on arrive après deux ou trois jours,

Dans une prison confortable
On dépose Verlac, qui travaille toujours
A son projet incomparable,
Et l'achève aux saveurs de la meilleure table ;
Au chaud d'un lit bien fait, moëlleux, des plus doux,
　　Dont un prince sans apanage
　　Se montrerait même jaloux
　　S'il ne se trouvait l'esclavage.
　　De Verlac s'accommodait fort
　　De cette existence précaire ;
　　Bientôt, comme pour le distraire,
Surviennent gens titrés qui prennent à son sort
　　L'intérêt le plus exemplaire ;
　　Des barons, des ducs, des marquis,
　　Toutes personnes bien connues
　Dans ce qu'on nomme un monde exquis ;
　　A la cour toutes bien reçues.
　　On lui parlait de son pays,
　　De ses parens, de ses amis,
　　De ses projets et de ses vues.
C'étaient des questions qui n'avaient point de fin,
Tantôt faites le soir, et tantôt le matin,
　　Mais toujours en parfait langage,
　　Et d'une grâce sans partage.
　　Deux mois entiers cela dura ;
　　Pendant ce tems il se forma

Au bon ton, à l'art de bien dire ;
Il devint grand seigneur, c'est ce qui le gâta.
Les visites sur lui n'obtinrent plus d'empire ;
Aux nobles curieux il cessa de sourire,
    Et montra souvent de l'humeur,
Se moquant de blesser son interlocuteur,
Et, dans l'occasion, de lancer la satire.
On voulut en finir ; on en savait assez
    Sur les événemens passés,
Et l'accusation devait être traitée
    Directement, et puis jugée.
    Toute chose étant en état,
De Verlac comparut. Le premier magistrat
Lui dit : vous paraissez devant la cour suprême
Pour avoir résolu le plus grand attentat.
Songez que devant nous comme devant Dieu même
    Il faut dire la vérité :
    Parlez donc avec liberté.
— Volontiers; franchement, j'aimé qué l'on s'explique;
Mais dé quoi s'agit-il? car en bonné logique
La réponse né vient qu'après la question,
    Et j'attends l'accusation.
—Dans une auberge, un jour, en mangeant du fromage,
La cour, avec regret, se sert de ce langage,
Vous avez vanté Sparte... – Oui, le fait est certain.
    — Vous êtes donc républicain ?
—Messeigneurs, mais vraiment vous mé faites outrage;

Moi, baron dé Verlac, issu du roi Pépin,

Moi, dé qui les aïeux avaient châteaux et terres,

Provinces et soldats, autant, plus qué lé roi,

Eux en tout tems vainqueurs dans nos plus rudes guerres,

   Etaient royalistés, jé croi ?

Et moi, leur descendant, moi républicain, moi !

Ah ! mon front à cé mot dé honte sé colore !

Que l'accusation pour tous en reste là.

Qu'on disé royaliste, et royaliste encore,

   Plus qué lé royaliste *ultrà*,

   Et qu'on m'accuse après cela !

—Prévenu, soyez calme, on verra tout-à-l'heure

Ce que l'on doit penser de ce raisonnement,

   Mais répondez pertinemment

Sur ces terribles mofs : *Il faut que le roi meure!*

De l'accusation c'est le point culminant ;

   Nous vous écoutons maintenant.

— Mes seigneurs! mes seigneurs! ah! souffrez qué jé rie!

   Jé né veux offenser la cour ;

Jé né veux d'un procès faire uné raillérie ;

Mais jé veux rire et ris dé cé qu'il fut un jour

   Un délégué dé la justice,

   Jé mé trompe, dé la police,

Assez déshérité dé cé beau don des cieux

   Qui place l'homme au rang des Dieux,

Ou bien n'en fait qu'un sot. Hélas! jé lé déclare,

Lé magistrat en question
A trouvé la nature avare
Quand elle s'avisa dans sa dotation
De l'esprit... Il eût vu, moins stupidé peut-être,
Qué d'un conspirateur jé n'avais point lé front ;
Et, dans sa conduité moins prompt,
Il sé fût demandé cé qué jé pouvais être ;
M'eût fait des questions avec discernément ;
De son chef, du gouvernément
Ne m'eût fait l'ennémi, ni créé vil et traître !
Toutefois, généreux, dé ses torts jé l'absous,
Car jé leur dois l'honneur d'ètré jugé par vous.
Jé réviens à mon fait. Veuillez bien, jé vous prie,
M'entendre avec bonté surtout,
Et souffrir qu'imitant dé nos jours la manie,
Jé fassé ma *Biographie* :
Pétit travers ; n'importe, on peut dire après tout,
C'est lé goût général... mais est-cé lé bon goût ?
Dans tous les cas j'en use et cé moyen, jé pense,
Féra briller mon innocence,
Qué votré jugement établira partout.
Si mes aïeux furent des princes,
S'ils ont possédé des provinces,
Ma famille, à présent, est dans l'obscurité,
Mais, noble et fière encor, malgré sa pauvreté.
La gloire et la fortune ont été son partage ;

Elle vit d'un passé, son unique héritage ;
Le passé , jé l'accepte, et veux dé son présent
    Réléver la mince importance ,
    Par uné noble indépendance,
    L'indépendance du talent.
J'ai pensé, quelquefois à vingt ans on s'abuse ,
    Qu'en suivant la tragiqué muse,
J'obtiendrais un succès qui flattérait mon cœur ,
Et rendrait à mon nom son antiqué splendeur.
Jé partis pour Paris , mon sujet en idée ,
Occupé par lui seul en toute occasion ;
Et pour la catastrophe attendant la donnée
    D'une profonde impression.
    C'est ainsi qué, sans aucun leurre,
    Pardonnez cette expression,
Inspiré, j'aurai dit: *Il faut qué lé roi meure !*
    C'est ma justification ;
Voilà mon manuscrit tracé dans ma prison...
La cour, plus d'une fois, pendant la plaidoirio
 D'un rire inextinguible avait été saisie ;
    Mais le *decorum* de rigueur
    Réprima la joyeuse ardeur.
Le plaidoyer fini, de passer son envie ,
Elle ne se fit faute, et dans sa belle humeur,
    Elle acquitta sans pruderie,
    Cet innocent conspirateur.

L'HOMME GRAND et LE PETIT BOSSU.

Tout conteur aime à rire et cherche à se distraire.
A quatre pas d'ici, seul, n'ayant rien à faire,
Canne en main, nez en l'air, en vrai Parisien ,
Je marchais gravement et ne pensais à rien.
Un spectacle forain était sur mon passage.
L'homme est né pour jouir; s'il s'amuse il est sage ;
Sans règles et sans choix naissent tous ses désirs.
Notre goût légitime en tous temps nos plaisirs.
Chacun à ce principe aura trouvé son compte :
Le principe posé, je reviens à mon conte.
Des nombreux amateurs je suis le mouvement,
Et j'arrive avec eux au spectacle en plein vent.
Sur un tréteau montés, Arlequin et Cassandre,
Colombine, Pierrot, Gille et le beau Léandre,
Avec moins de talent, mais non moins de succès,
Gesticulaient, chantaient comme on fait aux *Français;*
Ou bien, se modelant sur l'*Opéra-Comique* ,
Exprimaient en flons flons leur tendresse tragique;
Ou bien ne sachant trop quel doit être leur ton,
Parodiaient ainsi messieurs de l'*Odéon* ;
Enfin, de l'*Opéra* répétant les merveilles,
Par un bruit infernal ils charmaient nos oreilles.
A ces talens chéris d'un public connaisseur,

Que jamais ne troubla le sifflet cabaleur,
Que l'on ne vit jamais en butte à la satire,
Je payais mon tribut en longs éclats de rire.
Le rire, s'il est franc, est communicatif;
Il dilate le cœur, rend l'esprit plus actif,
Augmente du plaisir la douceur salutaire,
En donnant aux humeurs l'action nécessaire.
Je ris, et mes voisins éclatent aussitôt,
Chaque acteur, enchanté, rit aussi, mais plus haut,
Attribuant sans peine à son mérite unique,
L'heureuse expression de la gaîté publique.
Un petit incident suspendit les éclats,
Et de débats fictifs fit de réels débats.
Près de moi se trouvait, je dois le dire en somme,
Un homme grand, très-grand, mais non pas un grand homme,
Lequel homme très-grand devant un très petit,
Etait pressé, poussé par le petit susdit;
Lequel petit, malfait, et d'espèce colère,
Jurait contre le grand qui ne s'en doutait guère.
L'homme grand, tout à coup, se sent mordre au jarret.
Soupçonnant quelque chien ou roquet ou barbet
D'être l'auteur du mal, sans détourner la tête,
Il lance un coup de pied qu'il destine à la bête:
La bête c'était l'homme, on m'aura bien compris;
Le coup porte, on entend une chute et des cris
Que poussait de fureur le petit homme à terre,
Honteux du froid mépris de son rude adversaire.

Les dédains vont cesser : le petit querelleur,
Après nombre d'efforts, saisit avec vigueur
Les deux pans de l'habit de l'homme flegmatique,
S'y cramponne, se lève, et d'un ton ironique,
Dit, en se rengorgeant, et grossissant sa voix :
On peut bien renverser une première fois
L'homme calme et sensé qu'on voit sans défiance ;
On ne répète point une telle insolence
Sans courir des dangers : voilà ce que je dis,
Et mes deux pistolets appuiront mon avis :
Ce discours n'est pas long ; je crois fort qu'on l'écoute,
Et le très-grand monsieur y répondra sans doute.
L'apostrophe était vive, et le très grand monsieur
Se montre curieux de connaître l'auteur
De l'avis aigre-doux dont on le gratifie,
Et qu'il trouve un peu fort pour la plaisanterie.
Portant sur ses voisins ses regards attentifs,
Il ne découvre point de signes offensifs ;
Croyant s'être mépris il détourne la vue,
Rougissant même un peu de sa déconvenue.
Mais, son triste jarret est de nouveau mordu :
Cette fois la douleur le rend tout éperdu.
Il se baisse et croit voir quelque chose d'informe.
Il y porte la main ; c'est une masse énorme
Qui, miracle à ses yeux, laisse échapper ces mots :
Ah! ah! mon grand monsieur, vous voyez à propos,

4

Et puisque jusqu'à moi daignant enfin descendre,
Vous me faites l'honneur de vouloir bien m'entendre,
Je vous dirai tout net, en fussiez-vous surpris,
Que je suis très-choqué de vos airs de mépris,
Que je m'offense fort de votre impolitesse
A rester devant moi pour me gêner sans cesse;
Qu'une bonne leçon est ici de rigueur,
Et qu'elle partira de votre serviteur.
On me parle, je crois, dit l'homme impitoyable?
Qu'est-ce? Parlez plus haut, montrez-vous.—Que le diable
Et se montre et t'emporte et te plonge aux enfers,
Et te livre, sans fin, aux supplices divers,
Reprit le petit homme, hors de toute mesure;
Alors, pour terminer la fâcheuse aventure,
Sur l'homme qui restait dans l'immobilité,
Il se jette, et l'attaque avec vivacité
Des pieds, des mains, des dents, et de toute manière.
L'homme grand, toujours froid, le saisit par-derrière,
L'enlève, et le posant au milieu des acteurs,
De ce singulier fait devenus spectateurs,
Leur dit : Tenez, serrez pour un meilleur usage
Votre *Polichinel* qui fait trop de tapage.

L'acteur improvisé s'éloigna brusquement,
Peu touché des bravos d'un public indulgent.

LA SOLLICITUDE PATERNELLE.

Colas, gai Normand villageois,
Fait tomber la jeune Colette,
Sur le gazon, en tapinois,
Et de cette chûte discrète
Que méditait l'amant sournois,
Vint une blessure secrète
Dont le père de la fillette,
En vieux soldat et fin matois,
Comprit bien la cause directe.
Or, le sus dit papa Colin,
Vigoureux gaillard pour son âge,
S'en alla dès le lendemain,
S'appuyant sur un fort gourdin,
Chercher partout dans le village
Le beau blesseur, monsieur Colas,
Qu'il trouva, ne l'attendant pas.
— Ça, mon garçon, lui dit le père,
T'as donc jeté Colette à bas?
— Oh! que nenni, c'est pas le cas
De dire que je l'ons battue,
Là, tous les deux, en folâtrant,
Elle est tombée un p'tit instant;
Mais je l'avons ben secourue :

Ça n'sera ren ; chose connue ;
Allais, marchais... — C'est fort ben dit ;
Colas t'es un homme d'esprit ;
A cause d'ça, je t'veux pour gendre.
— J'aimerions mieux nous faire pendre ;
Vous êtes pauvre et j'ons du bien.
— Oh ! pardi, cela n'y fait rien ;
T'en aurais cent fois davantage
Que j'te voudrais encore avoir.
  — Vous n'êt's pas bête en vot'langage ;
Mais vous n'aurez pas le pouvoir
De me forcer au mariage ;
Nous plaiderons, car j'vois c'que c'est,
L'histoire d'la petite chute ;
Plaidons, plaidons, j'suis toujours prêt.
S'il fallait à chaque culbute,
Que l'on fait faire en cette lutte ,
Epouser fille ou femme, bon !
Par nous dix fois le cotillon
Se serait fait épouser. — Diable !
Mais tu parles comme un docteur ?
— J'aimons à vous voir raisonnable ,
Allons boire un coup du meilleur,
Puis que ça soit fini. — Sans doute ,
Et nous entrerons, dans la route ,
Chez le tabellion... — Ah ! bah !

Je n'donnons pas dans le contrat ;
Faut-il donc encor vous le dire ?
Plaidons, je vas me faire inscrire.
— Plaider ? non pas, tu gagnerais.
— Buvons. — Encor moins, tu rirais.
Mais on peut arranger l'affaire.
— Comment cela ? — Ben sans façon.
— Parlais... — Voici comment j'opère :
Tu prends Colette... ou ce bâton
Saura te mettre à la raison ;
Ça vaut mieux que plaider, j'espère.
— Je n'l'entendons pas sur ce ton...
— Ceci c'est une autre chanson.
Là-dessus le père s'empare
De Colas, qu'il fait trébucher,
Et vingt coups, sans qu'aucun s'égare,
Sur lui tombaient à l'échiner.
Lors Colas crie : allons, je cède ;
Au diable soit votre remède
Pour guérir un gas ben portant :
J'épouse : vous voilà content.
— J'le disais ben et j'le répète,
T'as de l'esprit, plus gros que toi.
— Vous en avais ben plus que moi,
Avec votre mince gaulette,

Capable d'éreinter un bœuf !

— Ah ! dame ! c'est un moyen neuf,
Une recette paternelle
Qui met fin à toute querelle,
Et prévient les mauvais procès ;
C'est simple, prompt, de bon succès.
Tiens ! toi-même, je le parie,
Tu n'es plus fâché de cela.

— Pardi, fallait en venir là
Avec quelqu'un qui vous assomme.
Oh ! vous êtes un habile homme ;
N'en parlons plus ; je suis brisé.

— C'est vrai que ça t'a défrisé.
Que veux-tu ? T'avais d'la malice ;
Moi, je me suis fait la justice ;
Mais plus qu'ell' je vais lestement,
Et fais mieux un arrangement.....
Le mariage s'effectue,
Et quand on en est à l'issue,
Le père, au gendre, dit : Garçon,
Te voilà de notre maison,
Et, par contrat, de la famille ;
Ça se devait pour le canton,
Et pour Colette si gentille ;
Vois-tu, la blessure d'ma fille,
Avant le *conjongo* c'était

Un fait, là, qui me regardait.
Si même part elle est blessée
Par d'autres, plus tard, ma pensée
Est : à toi la précaution,
Et, sans moi, l'observation.
Moi, c'est la garde descendante,
Mais, toi, c'est la garde montante,
Donc c'est à toi la faction.
— Allais, marchais, soyais tranquille ;
Si là-dedans l'on se faufile,
J'avons la gaule, et puis après
Les bons dommages-intérêts.

LE JUGEMENT TÉMÉRAIRE.

Qui veut s'orner l'esprit de pure sapience,
    Disent en chorus les docteurs,
Ne doit jamais juger sur la simple apparence :
    Nos sens, insignes séducteurs,
    Sont la source de mille erreurs,
Et ce qu'on apprend d'eux est bien pis qu'ignorance
Si tout fidèle était privé du sens commun ;
S'il croyait bonnement que quatre ne font qu'un,
Ah! combien l'on serait plus heureux et plus sage!
    C'est ainsi que vers Issoudun

Pensait un curé de village
De qui le rubicond visage
N'avait oncques pâli sur un saint Augustin.
Ne sachant un seul mot de grec ni de latin,
Ce n'en était pas moins un prêcheur énergique,
Quand la grâce, ou plutôt quand la vapeur bachique
Renforçait sa mordante voix.
Sur l'apparence mensongère
De prêcher un jour il fit choix.
Il avait ses raisons pour traiter la matière,
Contre les canoniques lois,
Etant pourvu de jeune et gentille servante,
Objet de contrebande au concile de Trente :
Colinette comptait à peine vingt moissons ;
Et bien qu'elle eût l'air d'une vierge,
Se tenant droite comme un cierge,
N'osant jamais lever les yeux sur les garçons,
Cette innocente Colinette
D'une médisance indiscrète
Fut en butte aux piquans lardons.
Notre pasteur n'était un peureux hypocrite ;
Il détestait surtout les détours d'un caffard,
Et, s'il n'était un saint, n'en portait pas le fard.
Il voulut donc sur sa conduite
Couper court aux propos par un trait fulminant
Du genre qu'on nomme oratoire,

De cet art tout rhéteur en écrivant l'histoire
    L'encadrerait assurément
    Au chapitre du *mouvement.*
    Dès l'abord , en docteur habile ,
Il ne fait que citer maint endroit rebattu
    De la bible et de l'évangile;
Démontre longuement , chose hélas ! trop facile ,
    Combien la plus sainte vertu
Aux traits empoisonnés d'une injuste censure
A de peine à soustraire une conduite pure ,
Qui semble condamner ce siècle corrompu.
    Cependant, tandis qu'il sermonne
    En docte et bénigne personne ,
    On aperçoit que son surplis
    Tour à tour s'abaisse et s'élève
    En formant d'onduleux replis.
L'auditoire ne sait ou s'il veille ou s'il rêve ,
Et de vagues soupçons trottent dans les esprits.
Mais bientôt on sourit, on murmure , on babille
Sur ce je ne sais quoi qui sans cesse frétille.
    Dès que notre malin curé
A vu la médisance à son dernier degré ,
Retirant de son sein une longue ficelle
    Où pendait un vrai carpillon :
    O race grossière et charnelle ,
J'ai pénétré , dit-il , ton coupable soupçon ;

Et la providence éternelle,
Qui protège ses saints contre un monde infidèle,
Va te couvrir de honte et de confusion.
Ce que tu pris pour chair lascive et criminelle,
Le vois-tu ? n'est que du poisson.

LE PENDU ET LE DOCTEUR.

Le conte est un peu long ; abrégeons le début.
Toucher, charmer le cœur est notre unique but.
Dans une ville libre ou bien fédérative,
Mais où dame justice était expéditive,
Un pauvre déserteur fut pris, jugé, pendu...
Du fatal poteau descendu
Le corps, moyennant un salaire,
Doit être transporté chez le docteur Macaire.
Il était presque nuit quand le corps arriva.
Forcé de s'absenter, Macaire l'enferma
Dans son laboratoire. Actif et plein de zèle,
Il court où son devoir l'appelle ;
C'était d'ailleurs chez des amis.
Une heure après, à son logis
Macaire est de retour. Muni d'une lumière,
Et pressé de donner carrière
A son amour pour l'art, il monte. Le buffet
Sur lequel le corps reposait

Est vide, et cependant la porte est bien fermée,
 Ainsi que la double croisée.
« Qu'est devenu le corps, se dit-il à part lui?
» Du diable ou des voleurs, serait-il donc la proie?
» Armé de mon scapel, je comptais avec joie
» Le mettre en vingt morceaux, et prouver aujourd'hui
» Que Macaire est toujours l'homme de la science,
 » L'opérateur intelligent....
» Maudit corps! avec toi j'ai perdu mon argent,
» Et de mes longs travaux la juste récompense.
 » Cherchons. » Macaire avec grand soin
Visite tous les lieux et de près et de loin;
 Vains efforts, inutile attente,
Point de corps, et, de vol, nulle trace apparente!
Tout-à-coup dans un coin, il observe, éperdu,
Un homme grand et sec; assis, tout-à-fait nu,
Dont l'œil étincelant, ainsi qu'un météore
Reste fixe. Macaire ose observer encore;
Mais le regard du spectre attaché sur le sien
Lui fait auprès du mur chercher un prompt soutien,
 Qui ne lui rend pas l'assurance.
Le spectre s'est levé; vers Macaire il s'avance;
Macaire du courage a perdu le pouvoir;
 Mais malgré l'effroi qui le glace,
Dans sa chambre à coucher rapidement il passe,
Se blottit dans un coin, ayant l'unique espoir

Que le spectre ne peut le voir.
Comme l'éclair rapide a fui sa confiance !
Jusqu'à ce coin obscur le spectre le relance...
O surprise ! baissant un front humilié,
Et joignant les deux mains, le spectre dit : « Macaire,
» Sauve-moi, sauve-moi, par le nom de ton père !
» Je suis un malheureux qu'on a sacrifié ;
» Macaire, au nom du ciel, montre de la pitié.
» La mort n'a pas voulu d'une triste victime ;
» A l'exemple du ciel empêche un nouveau crime.
» Je suis vivant. Veux-tu me rendre à mes bourreaux ?
» Par un dernier supplice, achever tous mes maux ? »
　　　Pendant cette courte harangue,
Que le spectre lui fait d'une très-bonne langue,
Il s'est remis ; il voit que le spectre est vivant
Et que c'est son pendu qu'il retrouve parlant.
　　　Macaire, en longs éclats de rire
Exprime le plaisir de ne plus avoir peur ;
Il rit encore.... Un mot qu'il se hâte de dire,
Du pauvre suppliant a calmé la douleur.
Parfait homme de bien, sensible, charitable,
Macaire le vê.it, lui donne les secours
　　　Qui peuvent conserver ses jours,
Et rendre son état un peu moins misérable.
Là ne se bornent point ses projets généreux ;
Mais il voudrait envain lui promettre un asile ;

Tous les deux découverts, on pendrait l'un des deux,
Et l'on rependrait l'autre. Il faut donc de la ville
L'éloigner en secret, et surtout promptement.

Il lui charbonne le visage ;
D'un pauvre hère de village,
Lui fait prendre le vêtement ;
Le réconforte, l'encourage,
Le conduit vers la porte où finit la Cité,
Où veille avec fidélité
La garde et son sergent, grotesque personnage,
Citoyen d'Albion, mais soldat en ce lieu,
Où, depuis vingt-cinq ans, le retient son courage,
Comme le plus juste milieu
Entre la paix et le carnage.
Le docteur, le premier, s'offre à John : c'est le nom
Du sergent. —Eh ! que me veut-on ?
Sortir ? je n'houvre pas..— Monsieur John, je vous prie,
Ouvrez..—Mylord Macaire! ah ! bien, je suis ha vous..
Mais quand ha ce quidam, je le garde havec nous,
Il veut séduire moi, mauvaise raillerie ;
Je suis hincorruptible.—Ah! monsieur!—C'est fort mal,
Je le tiens..— Monsieur John..— Goddam! ce hanimal
Tout noir comme le diable, il haurait fait en sorte
De passer quand j'aurais ha vous ouvert le porte;
Goddam ! goddam ! je suis possédé de fureur ,
Et je vais.—Monsieur John, vous êtes dans l'erreur.
Cet homme.—Oh! oh! monsieur.— Paix! que je l'hexamine.

5

—Mon..—Oh! paix donc! paix donc! vraiment il ha le mine
  Du déserteur pendu tantôt...
  La garde à ce funeste mot
Approche. Au compagnon du docteur qui s'indigne
Fait subir par sa joie et bruyante et maligne
Un supplice nouveau qu'il ne peut supporter ;
  Il est tombé sans connaissance.
Macaire, habilement, saisit la circonstance.
  « De votre ardeur à persister
  « Dans un refus trop déplorable,
« Voilà, dit le docteur, voilà les résultats !
  « Monsieur John ! près des magistrats
« Des jours d'un malheureux, je vous rends responsable.
  « Supposer un pendu marchant ;
« Croire qu'à ce pendu cet homme est ressemblant,
  « C'est une chose inconcevable,
« Une chose qui, vraie, est fort invraisemblable.
  « Apprenez, sergent inhumain,
« Que cet homme demeure au village voisin.
« Une heure avant la nuit, il vint, sans me connaitre,
  « Réclamer mes soins pour son maître.
« Occupé, j'ai voulu qu'il restât, m'attendît,
  Et, libre enfin, qu'il me suivît.
« Soldats ! l'humanité s'allie au vrai courage ;
« Sauver ce malheureux doit être votre ouvrage,
« Aidez-moi...» Chacun l'aide avec rapidité ;

Le pauvre diable encore a recouvré la vie.
Monsieur John stupéfait, mais toujours entêté,
Disait piteusement : — Quelle chose hinouie !
    C'était bien lui, je le parie,
Ce coquin que tantôt, havec solennité,
    On *lançait dans l'éternité !*
    Goddam !... Tous les *goddam* ! du monde
Durent céder au vœu des soldats à la ronde.
    Un soldat sans plus de façon
Ouvre la porte. Alors avec son compagnon,
Macaire est dans les champs. Là l'ex-pendu se jette
    Aux pieds de son libérateur,
Et malgré ses sanglots tendrement lui répète
    Qu'il lui doit tout. L'heureux docteur
Le relève, l'embrasse et l'étreint sur son cœur ;
    Puis d'une bourse bien complète,
    Il lui fait le précieux don.
Tous deux se sont quittés. Nul incident, dit-on,
    Ne fit connaître le mystère ;
    Et pendant un lustre environ
Le docteur exerça son noble ministère,
    Respecté de la ville entière.
    A cette époque sa santé
Voulut que d'un climat plus doux, plus favorable,
Il fit choix. Il partit, de chacun regretté,
Emportant avec lui sa fortune honorable,

Et, comme on le croira, fort peu considérable.
De Rome il aperçoit les sites enchanteurs.
    Non loin de cette ville antique,
Grande en ses monumens, mais dans ses mœurs gothique,
    Il fut atteint par des voleurs,
    Avec six autres voyageurs.
Macaire, vieux soldat, veut que l'on se défende,
Et quand des malfaiteurs sur eux vise la bande,
Un feu bien dirigé renverse sept coquins.
Le reste fond alors, et l'on en vient aux mains.
Comme presque toujours les gens de cœur succombent,
Sous les coups des brigands tous les voyageurs tombent
Sans vie ou presque morts, de plusieurs coups percés :
Les brigands étaient vingt et des plus exercés.
    La voiture dévalisée,
    La bande est bientôt dispersée.
Un homme passe et jette un regard douloureux
Sur ce lieu de terreur et d'un carnage affreux.
La sainte humanité plutôt que la prudence,
    Lui fait rechercher en silence
Si la vie est dans tous éteinte pour jamais.
    L'un d'entre eux a frappé sa vue,
    C'est Macaire ; il respire, mais
    Si faible qu'il craint pour l'issue
    Du moindre retard. Cependant
Malgré son cœur brisé, malgré son âme émue,

Sentant une force inconnue,

Dans ses bras il prend le mourant,

Le transporte chez lui. De ce cœur magnanime

Que ne pouvait l'effort sublime !

Macaire est secouru. Pendant un mois entier,

L'homme généreux, le premier,

Sa femme, ses enfans, dans de vives alarmes,

Veillant, priant, versant des larmes,

Au destin du mourant, ils semblent se lier.

Le ciel à tant d'amour doit une récompense ;

Macaire a recouvré la vie et la santé.

« Amis, dit le docteur, à votre humanité

» Enfin je redois l'existence ;

» Mais, à des soins si grands, ai-je donc quelques droits.?

» Pour m'acquitter, grand Dieu! je n'ai plus de fortune.

— Macaire, vous en avez une,

C'est la mienne; écoutez. Quand frappé par les lois,

Un pauvre déserteur.. — O ciel ! est-il possible ?

Quoi! c'est vous?—Oui, bien moi. Mon cœur franc et sensible

Vous rend ce que de vous j'avais reçu jadis.

Aidé de vos bienfaits, je vins en ce pays ;

Le ciel a béni ma carrière ;

Je suis riche, et jamais vous ne nous quitterez ;

Mes enfans, vous les instruirez,

Macaire, c'est mon vœu, c'est mon humble prière,

Acceptez.— J'y consens. Le ciel m'a tout rendu,

Et jusqu'à mon heure dernière,
Mon ami, je dirai, louant votre vertu :
Un bienfait n'est jamais perdu.

LE JARDINIER ET SON MAITRE.

Ah! maître Blaise te voilà !
La bouteille à la main, je te reconnais là.
— Que voulez-vous, monsieur, la bouteille me tente,
Et la tentation est toujours si puissante,
Depuis Eve, je crois, que le diable tenta.
— Sais-tu bien, mon ami, que ta femme est charmante?
— Parfaitement je sais cela.
Je la désirais avenante,
Et mon choix est celui d'un homme prévoyant ;
Jamais ou femme ou vin n'est chose indifférente.
— Ma foi, mon cher, en la voyant
Je me suis, à mon tour, senti tenté du diable ;
Mais ceci n'a rien d'effrayant.
J'ai voulu deux baisers. — Vous en êtes capable !
— Puis, je l'ai prise au corps. — Ah! ah! en vrai gaillard!
— Le gazon était frais ; elle a fait une chute.
— Et puis vous aussi la culbute !
— Justement. — Voyez-vous! comme ça, par hazard,
Sans vous blesser ni l'un ni l'autre ?
— Pas du tout, je l'assure — Êtes-vous bon apôtre?
Après. — Après ? Mon cher, un jour,

    Je vois déjà dans la famille
    Une aimable petite fille.
— Vous m'avez joué là, parole, un malin tour;
Mais de plus d'un mari ce sont là les aubaines.
- Tu trouves? -Oui, parbleu ! -Je suis charmé, vraiment,
    De te savoir ce sentiment.
C'est qu'il est des époux à cervelles peu saines;
    Si tu leur eusses ressemblé,
Je m'en serais voulu de te causer des peines.
—Oh ! vous êtes trop bon, je ne suis pas troublé,
    Et même je me sens fort aise.
    — Mais c'est très-bien, mon ami Blaise,
D'honneur ! on est heureux ici bas de compter
Des gens qui, sur ce point, n'aiment pas disputer.
— Je le dis comme vous. Faut être philosophe;
Est bien fou qui voit là sujet à catastrophe.
    — Tu prends la question au fond,
Et la traites, surtout, en raisonneur profond.
Je ne te croyais pas un esprit si lucide;
Tous les maris devraient te demander pour guide.
    —Eh ! eh ! ils ne feraient point mal.
—Je te nomme docteur, Blaise, en droit conjugal :
—Mais, après le chapeau, le bonnet, ce me semble,
    Cela fait un fort bel ensemble;
Oh ! vous vous entendez à bien coiffer les gens.
— Ce que tu me dis là prouve plus que du sens.

C'est de l'esprit.-Oh! bon ! - C'est un esprit très drôle.
—Puisque vous le pensez, je vous crois sur parole.
Monsieur!-Eh bien!-Monsieur!-Quoi donc?-Si je l'osais,
Je dirais que madame est très-belle personne.

   — Tu crois ? — Certes je m'y connais.
— Cela fait ton éloge — Et de plus qu'elle est bonne.
—Comment cela ? — Voici. Ce matin , au salon,
Je jasais avec elle , et puis là , sans façon,
Je dis que je prendrais sur l'une et l'autre joues
    Deux bons baisers, bien volontiers.
    — Tu l'as dit et tu me l'avoues?
   C'est un fait des plus singuliers.
   Après? — Elle se prit à rire ;
   Rire en pareil cas c'est souscrire ,
   Et je les pris. — Comment , morbleu!
   Tu te serais permis... — Un peu ,
   Trop favorable était la chance.
    — Ensuite. — Oh ! pas d'impatience ;
Le parquet trop ciré , le canapé trop près ,
Madame glisse et tombe, et moi je tombe après ;
Sans nous faire de mal. — Tu dis une folie ;
Et tu n'as pas osé... — Si , sans plaisanterie,
    A ce point qu'en votre maison,
Un jour , vous verrez naître un fort bon gros garçon.
    Du garçon et de la fillette
    Drôle sera l'historiette.

— Maître Blaise sais-tu qu'avec pareils propos,
A cent coups de bâton, on doit tendre le dos?
— Là! là! vous vous fâchez! vous gâtez votre cause,
Et ce n'est pas ainsi, moi, que j'ai pris la chose.
J'ai ri; riez vous-même. Eh! c'est le bon moyen.

Vous avez chassé sur mon bien,
Je pouvais chasser sur le vôtre.
Chacun de nous a réussi;
Laissez donc là votre souci,

Et, dans un vain courroux, n'en cherchez pas un autre.
Je vous dois un chapeau, vous m'avez fait docteur;
Le chapeau, c'est rendu. Je parle en orateur;
Je justifie en tout votre double pensée;
Que voulez-vous de plus? — Mais ma femme offensée...
— Offensée? allons donc! eh! ne savez-vous pas
Que femme a pardonné toujours un pareil cas?
Monsieur! -Qu'est-ce?-Monsieur!-Encor quelque sottise.
— Sous votre bon plaisir, elle sera permise.

Ma femme n'a pas ses vingt ans;
Elle a des yeux fort agaçans,
Elle est douce, mignonne, accorte, sur mon âme,
C'est un vrai trésor que ma femme.
Madame a ses trente ans, mais elle est bien, ma foi;
Ce serait un morceau de roi.
Chacune a donc son prix; la partie est égale,
Et, grâce aux faits passés, elle est originale.

Maintenant me comprenez-vous?
Non, sois plus clair.—Deux mots.—Bien!—Continuerons-nous?
    — Faquin !... J'accepte, mais silence,
Seuls, soyons confidens de notre extravagance.
    — Accordé, convenu, promis :
Je bois à la santé des *maris* bons amis !

UN TRAIT DE CROMWEL.

Dans les beaux jours de l'âge d'or,
Quand, par un vil calcul, on n'avait point encor
A de triste barbons lié gentilles femmes,
L'amour avec l'hymen était toujours d'accord.
    Lui seul assortissant les âmes,
    Aux mortels épris de ses flammes
Il savait tenir lieu de gloire et de trésor.
    Ce fut là de l'amour antique
Je ne dis le pouvoir, mais la religion.
Celui de notre siècle à tel point se complique
    D'intérêt et d'ambition,
Que l'esprit pénétrant du plus fin politique
N'en sait faire souvent nulle distinction.
    Cette morale singulière,
Dans mon conte, qui n'est que pure vérité,
    Ne paraîtra point étrangère
Lorsque d'un bout à l'autre on vous l'aura conté.

Ce terrible Cromwel, quoiqu'on en dise à Rome,
S'il n'était homme saint, fut certes un grand homme;
   Et, protecteur ou tyran des Anglais,
   N'en fut pas moins bon père de famille.
Sa tendresse éclatait surtout pour une fille,
Que nature combla des plus charmans attraits;
Françoise était son nom, et dix-sept ans son âge :
Bien heureux le mortel qui l'aurait en partage !
De son illustre père un simple chapelain,
Que le diable sans doute avait fait trop voisin
De cet objet rempli d'un si rare mérite,
     Le friand Jérôme Whitrite,
    L'aima comme un objet divin.
Son amour toutefois renfermé dans son sein
   Se garda bien de se montrer trop vite :
    Car, chez les gens de cet état,
  Tout est mystère, et dogmes et conduite.
  Ils craignent moins cent péchés que l'éclat
  Qu'un seul péché maladroit pourrait faire.
  Telle prudence a souvent pour salaire
Des faveurs qu'on refuse à ces blondins coquets
   Pourvus de tout moyen de plaire,
  Hors un seul point, celui d'être discrets.
Mêlant à son amour d'ambitieux projets,
Whitrite redoubla les ombres du mystère.
Partisan de la gloire et de la volupté,

Whitrite prétendait sans doute
Que cet aimable dieu qui, dit-on, n'y voit goutte,
En la semant de fleurs vint lui tracer la route
        Qui mène au pays enchanté
        D'une autre aveugle déité.
        Galant, dévôt et politique,
Encor qu'il professât les erreurs de Calvin,
        Par son Ambition sans frein,
C'était au fond de l'âme un prêtre catholique,
        Prêtre catholique romain.
        Bien loin qu'il eût d'un capucin
        L'ignorance ni l'air de cuistre,
        Au savoir du bénédictin
Il unissait l'esprit d'un évêque mondain.
Le sort semblait l'avoir inscrit sur son registre
        Pour être, après un court chemin,
Primat de l'Angleterre et puis premier ministre.
De Françoise bientôt il posséda le cœur.
Le reste s'ensuivait, si le Grand Protecteur,
Sans cesse n'eût tenu fixé sur sa famille,
Ainsi que sur l'état, un œil observateur.
Du téméraire amour qu'on avait pour sa fille,
        De bonne heure ayant eu soupçon,
Il la fit observer par toute sa maison.
        Un beau jour que monsieur Whitrite
        Était sensé donner leçon

A la belle déjà peut-être trop instruite ,

 Le Protecteur entre soudain ,

 Et surprend notre chapelain ,

 D'une façon plus que courtoise,

 Collant sa bouche sur la main

 De son adorable Françoise.

Peut-être le galant n'allait faire qu'un pas

Du faîte du bonheur au plus affreux trépas,

Quand par un trait subit son ange l'illumine ;

Et reprenant alors sa grave et douce mine ,

Il s'écrie : O Cromwel , protecteur tout puissant

 De ma bienheureuse patrie ,

Daignez en ma faveur employer l'ascendant

D'un père tel que vous sur sa fille chérie.

Depuis plus de trois mois , je lui demande envain

 Que de Betty , sa chambrière ,

A mon amour extrême elle accorde la main.

 Par vous seul désormais j'espère

Obtenir cet objet d'où dépend mon destin.

 Sir Cromwel feignit d'être dupe ,

Quoi qu'il sût qu'on lorgnait une plus fine jupe

 Que celle d'une miss Betty.

Par son ordre aussitôt arrive la soubrette ,

Qui ne se fit prier pour prendre ce parti.

 Fine et sémillante coquette ,

Afin de ne manquer si belle occasion ,

        6

De ce pas elle court chez le tabellion.
On dresse le contrat, on signe, et voilà comme
    Le révérend monsieur Jérôme
    Reprend à peine ses esprits
Que dans ses propres lacs sans retour il est pris.
   Pour un amant qui portait haut ses vues,
Pour un ambitieux que servait cet amour,
Quelle chûte ! Jamais telles déconvenues
N'avaient d'un jour si beau fait un si triste jour !
Whitrite, de l'état eût été dignitaire ;
    Il le voulait ; il avait ce qu'il faut.
    Le danger vient. Ce n'est qu'un sot
    De l'espèce la plus vulgaire.
Mais pourquoi, dira-t-on ?—Eh ! la cause est fort claire.
Dans le champ de l'intrigue il est malencontreux
D'être, comme Whitrite, amoureux et peureux.
Point de cœur, de l'audace, aucun repos ni trève,
Souvent on est maudit, mais du moins on s'élève.

LES DEUX MILLE ÉCUS.

Monsieur Frémann, grave germain,
Concierge d'un agent de change,
Monte chez son maître, un matin,
Et dit : parton si che fous déranche,

Monsir , j'afais à fous parler
D'une bétite affaire... oh che fais m'en aller ,
     Si ce n'est bas encore l'heure
De recefoir par fous.—Peste soit... mais demeure,
Explique-toi, voyons.—Non! non! che refientrai,
     Ch'aime bas dérancher bersonne.
— Encore une fois, parle?— Oh! — Parle, je l'ordonne.
     — A la ponne heure , j'opéis.
     — Tâche du moins d'être concis.
— Che combrends bas tu tont.— Parle sans bavardage.
— Combrends mieux, d'être court, bas long tans mon langage.
Pien ! Pien ! che barle pref et sans mots suberflus,
Foici: fous connaissant bour un panquier fort sache
Che feux foux confier teux bétits mille écus ,
Pour les faire faloir à ma grand avantache,
Et che..—Deux mille écus?.—ou pien six mille francs.
— Eh! quoi! tant que cela?— che les ai là tetans,
     Six mille, en six pillets te panque ,
     Foyez , tous six , aucun ne manque ;
     C'est y dit ! — Je prends ton argent
     A l'intérêt de dix pour cent.
     —Pien ! — Voilà ta reconnaissance.
     —Merci ! C'est fait et ponne chance ;
Gagnez peaucoup afec, puis , fous achouterez
Là... comment on dit? pon ? une bétite frime,
     Qu'ensuite fous me tonnerez.

—Une frime dis-tu ? c'est sans doute une prime ?

—Ya, ya, monsir, ch'entends, heim beu l'archent en blus·

    Che feux tefenir un Crésus,

    Hein cros mylord te l'Angleterre ;

Pien poire, pien mancher, et n'afoir rien à faire ;

Hé ! hé !—Va t'en.—Touchours à fotre folonté ;

Che fais poire hein coup, non, teux, à fotre santé.

Le maître s'étonnait et de nouveau s'étonne

    Que son concierge puisse avoir

Une somme aussi forte ; il réfléchit, soupçonne

Qu'elle est le fruit du vol. A fin de le savoir,

Adoptant le moyen qui lui semble propice,

    Et qui d'abord est sans éclat,

    Il passe chez le magistrat,

    Ou de justice ou de police,

    Cela ne fait rien au débat....

    Or, par suite de l'entrevue,

    Frémann s'empresse d'arriver

Auprès du magistrat qui l'a fait demander,

Et dont l'autorité n'est en vain méconnue.

    Interrogé, tourné, pressé

De vives questions dont il se sent blessé,

    Le concierge presqu'en colère

Dit qu'il est honnête homme et que l'argent qu'il a,

Est à lui, bien à lui, comme il le prouvera

    Par une explication claire,

Que tout le monde comprendra.

Voici comment il s'exprima.

— Fishtre ! Ecoutez-moi, che vous prie !

Notre Matame est fort cholie ;

Elle reçoit chaque client

Lorsque Monsir n'est bas brésent,

Pourquoi ? che n'en sais d'afantache ;

Che ne me mêle boint d'affaires de ménache ;

Mais fotre oncle, monsir, le ministre de...—Paix!

— Che ne feux bas te baix buisqu'ici l'on m'accuse,

Tarteifle!—Doucement, moi, je défends qu'on use

De propos déplacés.—Monsir! —Mais...—Point de mais,

Monsir, che tois pien fous répondre ;

Mon maître feul me berdre et che feux le confondre

En fous tisant la férité.

— Soit, évitons les noms.—Che n'en ai bas cité,

Et che mérite bas te plàme.

— Poursuis avec brièveté.

— Chagun tes fisiteurs en fenant chez matame

Me faisait hein bétit cadeau,

Honnêtement bar ponté d'âme ;

Mais le ministre, lui, me le faisant blus beau,

Et pien soufent, che fous l'assure ;

Teux Naboléons d'or que ch'acceptais fort pien,

Et que lui me tonnait comme si c'était rien ;

Ch'entassais le tout à mesure.

Comptez au bout te drende mois ,
Et les teux mille écus sont pien comblets, che crois!
—Je te rends ton argent; tu n'es plus à ton maître:
Je te défends chez lui de jamais reparaître :
Tu seras mieux placé ; mais si tu dis un mot ,
Je te fais à Bicêtre enfermer au cachot ,
　　　Sans qu'aucune pitié m'arrête ;
Sors.—Fréemann, absent, dit, en secouant la tête:
　　　Che trop barlé, che suis hein sot ,
　　　Mais la magistrat n'est bas pète.

LE LAURIER.

Ces jours passés le maître du Parnasse ,
En traversant ne sais plus quelle place ,
Vit pour enseigne un brandon de laurier
D'un cabaret décorant le premier.
O mœurs ! ô temps d'horrible barbarie !
S'écria-t-il transporté de furie !
Par quel lourdaud fut ainsi profané
L'arbre où respire encore ma Daphné?
Qu'on me l'amène , il subira sur l'heure
Le sort fatal du monstrueux Python.
Or , il advint que dans cette demeure
Silène ouït le sabat d'Apollon.

Les pieds peu sûrs, mais la face vermeille,
Il vient à lui sans quitter sa bouteille :
Seigneur Phœbus, pourquoi ce grand courroux?
Le trait n'est point si rare parmi nous ;
Ne voit-on pas du prix de maint ouvrage
Maint fat prôné faire un plus fol usage?
Certain rimeur, qui n'était pas un sot,
N'ayant de quoi payer son mince écot,
A l'hôte offrit sa couronne pour gage,
En lui disant : Tant qu'aurez ces rameaux,
Vous braverez de Jupin les carreaux,
Qui ne pourront vous casser une vitre.
Et fussiez-vous plus stupide qu'une huître,
Vous deviendrez, même sans le vouloir,
De jour en jour plus riche de savoir.
L'hôte charmé croit que le destin même
Respectera ce talisman suprême.
Pour son malheur il fut tôt détrompé.
Par un manant dans un marché dupé,
Il y perdit son or et sa faconde.
Mais ce n'est tout : voilà que le ciel gronde ;
La foudre tombe et jusqu'en ses caveaux
Enfonce et brise et flacons et tonneaux.
Lors il s'écrie, outré d'un tel mécompte,
Pendant là-haut l'objet de ton courroux :
O digne prix de misérables fous,

De leur métier atteste ici la honte !
Phœbus ne peut retenir son dépit ;
Du bon Silène il coupe le récit ;
Et s'arrachant l'immortelle verdure
Qui couronnait sa blonde chevelure,
Pour la flétrir du plus insigne affront,
Il aperçut, guindé sur un haut siége,
Mons *Deferlus*, vieux pédant de collége,
Et du pédant il en orne le front.

LES QUATRE CHEMINS.

J'estime des Picards les solides vertus ;
Ils sont francs et loyaux ; mais ils sont bien têtus !
Et je le prouverai par un fait péremptoire
    Dûment écrit dans cette histoire.
Deux villageois, époux, par un beau jour d'été,
Voulant, à leur façon, égayer la soirée,
Se couchèrent. C'est bien. Ils avaient leur idée.
Dans le lit conjugal règne la liberté,
    Par les époux fort désirée,
    Et par d'autres fort convoitée.
Colinette et Colas se sont donc mis au lit,
La femme et ses vingt ans ; l'époux et ses quarante ;
    Chacun ayant certaine attente,

Quoique chacun n'en eût rien dit.
L'époux fait: hé! hé! hé! l'accompagnant du geste,
Et l'épouse : oh! oh! oh!, à répondre fort leste.
On commençait à rire et cela promettait
Un préambule heureux suivi d'un autre fait.
Mais Colinette dit : alte-là! sois alerte,
Car la porte est restée ouverte ;
Allons! va la fermer. — Ma foi, non! vas-y toi!
— Nenni, je n'irai pas. — Compte que j'irai, moi!
Plus souvent!— Entêté!— Tu me la gardes bonne!
Oh! tu peux déranger ta gentille personne ;
Mais me déranger, moi? Non! cent mille fois non!
— Ah! vous le prenez sur ce ton ?
Nous serons deux alors. Je reste, je demeure ;
Bon gré, malgré, mon cher vous irez tout à l'heure
Ou la porte jusqu'à demain
Ne bougera pas sous ma main ;
On est femme, on a de la tête.
— On est homme, on résiste, ou l'on est une bête,
Et je ne le suis point, car je me tiens couché :
De ton entêtement, va! j'aurai bon marché.
— Pas si bon, mon mari, car je suis la maîtresse.
Je reste, c'est par droit, et non pas par paresse.
Je peux bien me lever, fermer la porte, mais
Céder ? Je ne cède jamais.
Après ces mots on fait silence ;

Puis la dispute recommence.

— Maudite femme! — Soit! homme maudit bien plus,
Qui tiendrait moins au lit s'il n'était pas perclus.

—Perclus? Ah! tu vas voir! —Colinette l'arrête;
    Elle avait deviné la fête
Que monsieur préparait; mais la porte était là;
Il fallait la fermer avant d'en venir là :

—Ecoute, dit Colas; faisons une gageure !
      —Gager? Oh ! la bonne aventure !
    Quoi? — Quoi! dam! Mais.. une croix d'or.

—Pas mal.-Que veux-tu mettre?-Un chapeau de castor.
—De castor? Convenu. Maintenant, je m'explique:
Celui qui, le premier, de nous deux dit un mot,
Ira fermer la porte et puis perdra son lot.
    —Colas, j'accepte sans réplique....
    J'aurais dû rapporter d'abord
Que l'habitation de ce plaisant ménage
    Se trouvait placée à l'abord
De *Quatre Chemins*, juste, à cent pas du village.
    Au village est un cabaret,
    Où se débite un vin clairait
    Qui donne une gaîté charmante ;
Mais qui fait qu'en sortant la mémoire s'absente,
    Et qu'on ne sait trop où l'on va.
    Un militaire l'éprouva.
Heureusement il voit la maison isolée,

Malgrè sa vue un peu troublée.

Il s'approche, et se maintenant,

Quoique la porte ne fût close,

Il frappe et dit: amis! c'est moi, moi *Beau-galand*,

Gai troupier, pas farceur, suffit.. voilà la chose;

Maintenant, mon chemin, car le clairait maudit,

M'a quelque peu troublé l'esprit...

Personne ne répond... Il frappe et frappe encore,

Répète d'une voix sonore

Sa demande. On se tait. Lui, sans plus de façon,

Entre tout droit dans la maison;

Regarde, s'oriente, et passe à sa visière

Une main pour ôter l'importune poussière,

Ou chasser les brouillards de ce diable de vin

Dont il a trop goûté l'esprit un peu taquin.

En s'approchant il voit deux têtes excellentes

Que, leur silence à part, il aurait cru parlantes.

Hum ! hum ! doucement, se dit-il,

N'allons pas faire ici le maladroit gentil.

Il examine. L'une est vraiment des plus belles;

L'autre d'une laideur.. Mais leurs quatre prunelles

Scintillant comme feux follets,

Il dit : Ces gaillards-là sont diablement discrets.

Pas un mot! hein! plaît-il? Toujours même silence.

Sont-ils sourds ou muets? L'un ou l'autre, je pense.

Mais aveugles, c'est différent,

Et la figure à barbe a l'air si mécontent
    Que plus tard j'en mourrai de rire.
    Pour le présent que faire et dire ?
Dire ? Rien ; faire ? Mieux. A ce joli minois,
Appliquons un baiser. Bon! deux! celui-ci, trois!
    De par Dieu trop bonne est la chance,
Et prenons en passant ce que le ciel dispense.
Ah ! ça, je couche ici. Parlez-vous à présent?
    Pas plus ? Qui ne dit mot consent.
    Et Beau-galand se déshabille ;
Découvre un peu le lit ; plus du tout ne babille,
Et se couche, non pas du côté du barbu,
    Mais de l'autre. Bien résolu
A suivre jusqu'au bout cette piquante histoire,
Dont le lecteur joyeux gardera la mémoire.
    Que fit-il ? Que ne fit-il pas ?
    Je ne saurais vous satisfaire.
    Qui veut parler en telle affaire
    Se met souvent dans l'embarras,
    Et je n'aime pas les tracas.
La nuit se passe bien, et le matin arrive.
Beau-galand, bon soldat, était sur le qui-vive ;
    Mais avant de quitter le lieu,
Par un triple baiser, fait le dernier adieu
A la mine gentille... Et le couple si drôle
    N'a dit une seule parole !

Seuls enfin, Colinette a recouvré la voix,
Et, colère, ou feignant d'être fort en colère,
Elle dit à Colas : Vous l'avez vu, j'espère,
    Bien vu, bien entendu, je crois !
    — Je t'y prends, va fermer la porte,
Et pense à mon chapeau, car c'est là le pari...
Ma foi, mon cher lecteur, Colas a l'âme forte ;
    C'est bien une âme de mari.

    — Concluons : D'après votre exorde,
    A tout *Picard* vient pareil cas ?
    — Oh ! non ! c'est mal toucher la corde ;
    Un seul, pour tous, ne se prend pas.
    Mais puisque ce sujet j'aborde,
    Je dirai sans miséricorde,
Dussé-je en l'univers produire un grand fracas :
    Chaque pays a ses *Colas*.

L'ÉCRAN.

    De visiter cette île de Lemnos,
Où de son noir époux s'exerce l'industrie,
    A la déesse de Paphos,
    Un beau jour il vint fantaisie.
    Le blond Phœbus, Mars et l'Amour
    Furent, dit-on, de la partie.

7

Comme une aussi galante cour
Pouvait du dieu boiteux piquer la jalousie,
On trouve à ce voyage un prétexte flatteur :
    On voulait admirer l'auteur
    De ces merveilleuses machines,
L'ornement ou l'effroi des demeures divines.
    Que de savans, de beaux esprits,
    Aux mêmes filets furent pris,
    Ne rapportant qu'à leurs ouvrages
Les éloges outrés d'une foule d'amis,
Quand leurs tendres moitiés, plus fines et plus sages,
    Ne voyaient que d'adroits hommages
Qu'à leurs charmes rendaient l'*amateur de tableaux*,
D'*utiles procédés* ou d'*opéras nouveaux !*
    Enfin, la reine de Cythère,
Des ruses de son sexe, inspiratrice et mère,
D'un air très-curieux s'approche des fourneaux,
Et regarde forger ces terribles carreaux
Par qui le ciel punit les crimes de la terre.
    Mais la belle se flatte en vain
    Que sa délicate personne
Tiendra comme un Cyclope en un lieu si mal sain.
    Au feu qui darde et qui bouillonne,
Tour à tour elle oppose ou l'une ou l'autre main.
    Sa main, si blanche et si mignonne,
Souffre sans garantir les roses de son teint.

L'Amour touché de sa peine cruelle,
   Pour *écran* lui présente une aile
   Que, dans je ne sais quel boudoir,
Venait de lui couper une simple mortelle,
   Séduite par le fol espoir
Que cette aile de moins rendrait l'Amour fidèle.
Vénus applaudit fort l'invention nouvelle ;
Et je laisse à penser à tout malin esprit
      Le bel usage qu'elle en fit.
      Feignant toujours d'être attentive
      Aux travaux d'un mari jaloux,
      Avec une adresse furtive
Elle donne à Phœbus le baiser le plus doux ;
Puis caresse l'Amour, puis marque un rendez-vous
A Mars, qui vainement pour elle ne soupire.
C'est ainsi qu'à l'abri de l'aile de l'Amour
      S'étendait l'amoureux empire :
      Ainsi, tandis que pour les dieux
      Vulcain fabriquait mainte armure,
La friponne Cypris, par ses perfides jeux,
Du divin forgeron rehaussait la coiffure.

LA CERISE.

Le grave président d'une cour souveraine
Avait, pour locataire et pour intime ami,

Un brillant colonel , touchant à la trentaine
De ses heureux printems. Le destin à demi
Ne l'avait point traité. Sa figure était belle ,
Sa tournure élégante et son esprit heureux.
Le prince l'estimait ; la fortune fidèle ,
D'accord avec la gloire et l'amour généreux ,
S'empressaient à l'envi de combler tous ses vœux.
La présidente était par les grâces formée ,
Et d'un souffle divin paraissait animée ;
Un dix avec un huit donnaient à sa beauté
Un éclat dangereux pour toute liberté :
Dix-huit ans ! heureux âge où l'on plaît, où l'on aime !
Trente ans ! où l'on séduit, étant séduit de même ;
Que de plaisirs, de maux , vous créez à la fois !
Des plaisirs et des maux vous subissez les lois ;
Une touffe de fleurs cache un profond abyme.
Le colonel ne voit que les fleurs , imprudent !
Il les cueille et bientôt il en est la victime ;
Mais le coup fut égal comme l'amoureux crime.
A la seconde fois , un repas succulent
Se fit quand au palais siégeait le président.
On était au dessert. La porte est enfoncée ;
Grand Dieu ! le président entre armé d'une épée...
Je pourrais, leur dit-il, vous poignarder tous deux ;
Mais calmez-vous , vivez ; je l'entends, je le veux :
Je vous méprise trop pour vous ôter la vie ,

Madame ! vous serez à mon œil seul flétrie ;

Quant à vous, *mon ami*, de *ma femme* vainqueur,

Vos lauriers pâliront près d'un homme d'honneur.

A l'époux outragé la vengeance est permise.

La mienne est dans un mot : *Mangez cette Cerise!*

A la pointe du fer cette cerise était ;

Du colonel surpris, la bouche elle touchait.

Le colonel en vain, veut parler, se défendre,

L'opiniâtre époux refuse de l'entendre ;

Il le presse, il le pousse et le collant au mur,

Où le tient en respect son ordre impitoyable,

Mangez cette Cerise ! est le mot redoutable

Qu'il répète, ajoutant: C'est un parti plus sûr.

La cerise, à la fin, est saisie et mangée.

Bien ! dit le président, votre âme est résignée ;

Maintenant retenez que si de vous un mot

Me fait passer jamais ou pour lâche ou pour sot,

Je saurai vous trouver et punir l'imprudence

De l'homme qui, deux fois, me prodigue l'offense.

Vous êtes averti cette fois pour toujours,

Et malgré ma *perruque* et ma *poudre* et ma *queue*,

Dont vous avez tant ri dans vos fades discours,

Je vous apprendrai bien que, sans de vains détours,

Qui mange la Cerise, en avale la queue.

L'INDIFFÉRENCE.

L'Amour qu'un rien met en colère
Se croyant un jour outragé,
D'un certain galant téméraire,
Jura sur l'autel de sa mère,
Qu'il en serait bientôt vengé
Par un châtiment exemplaire.
De suite il descend chez Pluton,
Qu'il aborde ainsi sans façon :
O toi, dont l'imposante mine
Fait trembler tant d'illustres morts,
Si, par mon aide, Proserpine
Vint embellir ces sombres bords ;
Et si dans ta demeure obscure
Souvent encor je te procure
Des plaisirs qui du Dieu du jour,
Ce Dieu qui donne à tout la vie,
Exciteraient même l'envie,
Lorsque je t'implore à mon tour,
A mes désirs daigne te rendre.
Des maux qu'enferme ce séjour
Dis-moi celui dont un cœur tendre
Serait mortellement blessé :

Je veux punir l'ingrat Clitandre ,
Qui sans raison s'est courroucé
Contre la sensible Climène.
Choisis et mesure la peine
Sur la grandeur de l'offensé.
— Amour, oui , j'aime à le redire ,
Je te dois mes biens les plus chers :
Commande en roi dans mon empire ,
Répond le prince des enfers.
Il dit. A sa voix qui fulmine
Apparut le cortége affreux
Des maux que Némésis destine
Au tourment des cœurs amoureux :
C'était le Refus qui s'obstine
A ne jamais combler nos vœux ;
C'étaient la Rigueur indiscrète ,
L'Absence toujours inquiète ;
L'Orgueil , les Mépris insultans ,
Les Soupçons , les fâcheux Caprices,
Qui des trop fidèles amans
Foulent aux pieds les longs services ;
Le Bannissement sans retour
Avec horreur fuyant le jour ;
Enfin s'avançait en silence
La monotone *Indifférence* ,
De la prude triste vertu.

De l'Amour, chacun peut le croire,
L'esprit fut long-temps suspendu;
Tandis que dans sa barbe noire,
Pluton riait d'un air malin,
Comme un dieu qui du cœur humain
Connaissait assez bien l'histoire.
Il lui dit d'un air gracieux :
Arbitre des plaisirs des dieux,
Toi qui domptas Jupiter même,
Toi par qui les mortels heureux
Goûtent la volupté suprême,
Bornes-tu là tes douces lois?
Ton adresse est-elle aux abois,
Lorsque pour punir un rebelle,
Sur la peine la plus cruelle
Il s'agit de fixer ton choix?
Prends donc la froide *Indifférence*.
Nul monstre n'a plus de puissance
Sur les amoureux délicats;
Il met le comble à leur souffrance,
En doublant pour eux des appas
Qu'ils adorent sans espérance.
Soudain Cupidon irrité,
Brûlant de venger son outrage,
L'alla placer sur le visage
D'une dédaigneuse beauté.

Que devint le pauvre Clitandre ?
Amans, ah ! frémissez d'apprendre
Ce qu'Amour m'en a raconté.
Malgré l'excès de sa tendresse,
Clitandre aurait de sa maîtresse
Souffert les refus et l'orgueil ;
Même d'une éternelle absence,
Sans mourir, supporté le deuil.
Mais la tranquille *Indifférence*,
Avec son obstiné silence,
Suffit pour le mettre au cercueil.

LE CHIRURGIEN DE VILLAGE.

Un chirurgien de village
Avait une femme volage ;
Cela se voit partout, mais ce qui se voit moins
C'était le nombre des témoins,
Car la dame fort peu discrète
Allait de bonne allure et sans chercher cachette.
Quand son époux était parti,
Tel ou tel quidam averti
Venait la consoler de son très-court veuvage.
L'époux, de retour, on riait,
Et puis chacun lui demandait
Des nouvelles d'un tel, Pierre, Joseph, Baptiste,

Ou tout autre que sur la liste
Madame avait inscrit ou bien n'inscrivait pas ;
Tout comme vous voudrez, vous admettrez le cas.
L'époux enfin comprit ce que l'on voulait dire,
Et, quoique peu fâcheux, il ne pouvait pas rire;
 Se venger était le moyen
Qu'il devait adopter et qu'il adopta bien.
 Un matin il dit à madame
 Qu'il allait s'absenter deux jours,
Attendu qu'à la ville une femme réclame
 Pour accoucher, tous ses secours.
Deux jours! ah! c'est bien long! va, pendant ton absence,
Dit madame, je vais m'ennuyer à mourir;
Mais ne te gêne pas. On sait que ta science,
 Et ta profonde expérience
 De tous côtés font accourir.
Moi seule, loin de toi, je préfère gémir,
 Tant je tiens à ta renommée;
Adieu, mon cher ami, mon époux bien aimé.
Si de ton prompt départ mon cœur est alarmé,
Mon âme, à ton retour, en sera plus charmée.
Son époux elle embrasse, et verse quelques pleurs.
Le mari pleure aussi, mais de tant de noirceurs,
Et part en ruminant ses projets de vengeance.
 Il fait si bonne diligence
Qu'il revient, dès la nuit qui suit le premier jour,

Et , sans annoncer son retour ,
Il frappe, il frappe encor, veut enfoncer la porte,
Tant la colère le transporte ;
Il savait quel gibier son logis renfermait.
Après un bien long-tems , madame enfin paraît.
Il entre avec humeur , se trouve face à face
D'un très-joli garçon , qui fait laide grimace.
Eh ! mon cher ami, qu'avez-vous ?
Vous êtes presque nu. Je ne sais entre nous
Ce que cela veut dire.—Ah! docteur, la souffrance
D'une rage de dents m'a fait venir ici ;
Madame, qui comptait sur votre courte absence,
M'a dit de vous attendre et de sa complaisance
Je me suis bien trouvé. Vous voilà , Dieu merci!
La douleur est calmée.-Oh! c'est très-bien, jeune homme;
Mais vous vous abusez sur votre mal, en somme,
Ce mal vous reviendra plus cruel , plus ardent;
Il faut arracher cette dent ;
Mettez-vous là, voyons. Diable! ce n'est pas une;
La douleur vient de deux. Si grand mal importune;
Faut ôter ces deux dents , perte d'un ratelier
D'une beauté fort remarquable.
— La douleur est très supportable,
Attendons quelque tems.—Non! non! il faut plier
Quand la nécessité fait une loi sévère
De détruire le mal avant qu'il soit trop grand.

Ce que je dis est clair et cela se comprend.
Vous êtes accouru chercher mon ministère,
C'est parfait; je suis prêt: affaire d'un instant,
    Et le docteur de suite opère.
— Me voilà soulagé; votre main est légère...
— Tant mieux, morbleu! tant mieux; car je vous le dis net,
Je suis un maladroit, un imbécile, un âne,
    Et je consens que Dieu me damne
De me voir du dentiste encore à l'alphabet.
J'ai pris deux bonnes dents pour les deux dents gâtées;
    Je les avais bien remarquées,
Mais la main a glissé. De fait, c'est un malheur,
    Mais le remède est là. — Docteur,
    Restons aux deux, je vous en prie,
    Je sors : la douleur est partie.
— Moi, je vous dis que non.-Si fait.-Non! cent fois non!
— Mais à la fin, docteur.. — Vous entendrez raison.
— C'est trop fort pour le coup. — Pas si fort, je vous jure.
A tant de mots, pourquoi voulez-vous recourir?
Il me faut mes deux dents.-Oh! je ne puis souffrir...
— Parbleu! vous souffrirez... Eh! mais par aventure,
Que faisiez-vous chez moi lorsque j'étais absent?
    Ah ! je le devine à présent...
— Docteur, vous vous trompez; puisqu'il est nécessaire
De supporter deux fois votre opération,
Recommencez.—Fort bien! oh! cette extraction,
    Rassurez-vous, c'est la dernière.

Voilà vos quatre dents ! Ecoutez cet avis :
Si pareil mal en mon absence
Vous reprenait, mon cher, toujours mon assistance
Vous est acquise à même prix....
La leçon sans doute était vive,
Mais, bonne, elle empêcha toute autre tentative.

LES DEUX AVEUX.

Sous l'un de nos sacrés portiques
S'en allaient babillant deux femelles mystiques.
De maint propos en maint propos
On en revint sans peine à monsieur le vicaire,
Personnage qui, d'ordinaire,
Occupe beaucoup les dévots,
Et les bigots,
Et les cagots,
Et plus d'une prude commère,
Alors que le lévite est jeune, frais, dispos,
Et paraît fort zélé pour le saint ministère.
—N'étiez-vous pas, ma sœur, à la messe dernière,
Où, remplissant la fonction,
De notre pasteur vénérable,
Contre les malices du diable,
Dans un sermon plein d'onction,
Et d'action,

8

Il nous parut un vrai lion ?

Qui peut l'avoir ouï sans devenir damnable,

S'il succombait encor à la tentation ?

– Ma sœur, ma pauvre sœur, je le vois, tu t'abuses;

Ah ! si tu connaissais les traîtrises, les ruses

    De l'ouvrier d'iniquité,

Combien sur ton état tu serais peu tranquille !

    Ce ministre si respecté,

      Et redouté,

Contre l'esprit malin tonnant en liberté,

Sur le moindre pécheur versant à flots sa bile,

    Est bien plus dangereux cent fois

    Que ne le fut l'ange rebelle,

Qui, bravant du Très-Haut les redoutables lois,

Se vit précipiter de la gloire éternelle.

    En habile prédicateur

Il regarde, il salue, il parle avec douceur,

    Charmant le cœur

    Par sa candeur ;

Puis, s'animant bientôt, fait jaillir l'étincelle

    De son hypocrite prunelle ;

    Prend l'air terrible, audacieux,

Et du peuple interdit interroge les yeux.

    Mais, une apparente souplesse,

    Un ton caressant et confit,

    Sont les moyens que son adresse

Sait employer à son profit,
Quand il tient quelque pécheresse
Dans un mystérieux réduit :
C'est ainsi qu'il me séduisit,
Lorsque pour mon malheur je le vis à confesse.
Ma chère sœur, dit-il, vous me faites pitié !
Croupir dans le péché ! Dieu vengeur ! Dieu suprême !
Le foudre dans vos mains était-il donc lié ?
    O femme ! j'en frémis moi-même...
Encor si, vous fiant à celui qui vous aime,
    Vous m'aviez admis de moitié...
Par gestes, par discours, le docteur gagnant pié,
En vint à profiter de ma faiblesse extrême :
    Mais, qui s'en serait défié ?
—Ma sœur, ma chère sœur, croyez-en l'amitié :
    Toute autre eût succombé de même.

LE PENDU ET LE MEUNIER.

Voici mon préambule : Un conte est, peu de chose ;
Fut-ce moins, un conteur conte malgré la glose.
    Certain meunier, de son moulin
Du moment où le jour touchait à son déclin,
    A la fourche patibulaire
Voyait, assez souvent, figurer maint coquin.

Or, un coquin venait, comme l'on dit en France,
  De *danser en l'air la grand' danse* :
C'est, selon le propos, chez l'Anglais usité,
  Le *lancer dans l'éternité.*
Le coquin prenait goût à la danse susdite,
Puisqu'après le ballet, seul, il dansait encor.
Le meunier, gai vivant, le rejoint au plus vite,
Et suivant jusqu'au bout son généreux essor,
  Le dépend, puis chez lui l'emporte,
  Le ranime, le réconforte,
Et lui dit : « Notre ami, ne touchez plus à l'or
« Du prochain ; vous voyez qu'un peu haut cela porte ;
« Maintenant, grand garçon, partez.... — Non pas, demain,
  « Lui répartit l'homme à la corde ;
  « Mais ne craignez plus que je morde
« A pareil fruit. — L'ami, va pour demain matin,
  « Soupons ; j'ai de l'excellent vin ;
  « Le bon vin, c'est miséricorde,
« Quand surtout on s'est vu si proche de sa fin.
« Pardieu, je ris encor de votre triste moue,
  « Et sans moi vous étiez bien mort ;
« C'est dit, soupons. » On soupe, on se couche, l'on dort,
  Chacun sur l'une ou l'autre joue ;
Je faux, car à dormir tous deux ne sont d'accord.
  En rêvant le meunier se loue
D'avoir de son prochain montré le pur amour,

Bien loin de soupçonner le bon tour que lui joue
Son ami le pendu. Cependant ce bon tour,
Il ne le voit que trop à la pointe du jour ;
L'honnête homme fuyait emportant l'escarcelle.
Il n'était pas bien loin. Notre meunier dans l'aile
Lui lâche un petit plomb et le fait trébucher,
     Puis lestement va le chercher,
Le ramène au moulin, et de bonne ficelle
     Lui serre incontinent le col
Et lui reprend son bien jusques au dernier sol.
Mais ce n'est tout. Bientôt, la justice avertie,
S'empare du meunier et le met en prison,
Pour avoir, de son chef, fait une pendaison.
     L'affaire en tout point éclaircie,
Le juge, à ce pendeur, d'une voix endurcie,
Soit naturellement, soit pour bonne raison,
Et qu'écoute en silence une foule ébahie,
     Dit : Misérable, viens céans !
Jusqu'à ton jugement, conserve bien ta vie,
Je t'ajourne, entends-tu, je t'ajourne... à cent ans !

LE SCRUTIN POLITIQUE.

Dans une ville de province
En hâte est convoqué le corps municipal :

Selon certains propos l'objet en serait mince ;
Mais la vérité luit, l'objet est capital :
Il s'agit de voter une humble adresse au prince,
Comme l'expression du vœu national,
    Par ordre départemental.
    Au moment d'ouvrir la séance,
Le maire s'aperçoit que manque le scrutin ;
    L'ayant fait demander en vain,
    Il doit en réparer l'absence :
Ce maire, homme de tête, et qui donnait banquet
    A notre honorable assemblée,
Commensal de haut lieu, prend son parti d'emblée,
S'absente incontinent, passe au prochain buffet,
    Revient, et, d'un air satisfait,
Offre à chaque assistant, que dès lors il se gagne,
    Deux truffes au vin de champagne ;
    L'une des deux du plus beau noir,
L'autre blanche, et qui font un doux plaisir à voir.
Le corps municipal, qu'inspire la sagesse,
Cache, sous un air grave, une vive allégresse.
    L'importante discussion
    De toutes parts est engagée,
    Et la séance est prolongée.
    Mais quand vient la conclusion
On ne peut constater aucune opinion,
    Car chaque truffe était mangée !

Le corps, par trop gourmand, riait en tapinois ;
Pour un nouveau scrutin, il élevait la voix...
Mais le maire, en moyens toujours incomparable,
Dit : le meilleur moyen, messieurs, je l'ai trouvé.
Votons par *assis* et *levé*,
Et, levés, mettons-nous à table.
Chacun se laissa prendre à la séduction :
Ce maire entendait bien l'administration.

LE GENDRE.

Voltaire a raconté fort plaisamment en prose
Ce qu'en vers, à mon tour, je vais vous raconter.
Conter après Voltaire ! En vérité je n'ose,
Le péril est si grand... Il faut le surmonter,
On gagne quelquefois d'être un peu téméraire :
Voici le trait rapporté par Voltaire,
Et que je trace enfin, car c'est trop discourir.
Une excellente mère
Voyant sur le point de mourir
Sa fille la plus chère,
Disait dans sa douleur amère :
« Ah! rendez-là, Seigneur, à mes désirs ardens,
» Et, pour elle, prenez tous mes autres enfans ! »
Le mari de la fille aînée

De cette mère consternée ,
S'approche doucement ; puis , en termes civils ,
Lui dit : Madame, un mot : les gendres en sont-ils ?
        La gravité du personnage ,
Sa demande plaisante et cependant fort sage ,
De la mère ont frappé tout-à-coup les esprits ;
Et , n'y pouvant tenir, en éclatant de rire
Elle sort. Les parens ne sont pas moins surpris ,
En éclatant aussi , chacun d'eux se retire.
        La malade , de son côté ,
Apprenant le sujet de ce joyeux délire ,
En rit de si bon cœur que bientôt la santé ,
        Devint le prix de sa gaîté.
A ce dernier trait-là, messieurs , pourquoi sourire ?
Il n'est pas dans Voltaire ! Eh ! quand cela serait?
Qu'il soit vrai, qu'il soit faux, moi, j'ai dû le transcrire;
        Car j'ai pensé qu'il vous plairait ,
        Et que Voltaire l'ignorait ,
        Ou bien ne voulut pas le dire.

M. BIZET, Légionnaire.

Un jour... non , c'était une nuit ,
Monsieur Bizet l'aîné, gros marchand de semouille,
        Et cœtera , faisant patrouille ,

Passe à sa porte, entend du bruit,
Doucement dans sa poche fouille,
Prend sa clef, ouvre, s'introduit,
Très-inquiet, près de sa femme ;
Toutefois riant dans son âme
De la patrouille qui poursuit
Sa ronde, mais sans lui, sans se douter peut-être
   Qu'en déserteur, Bizet la fuit ;
Car pour les tours malins Bizet est passé maître.
   Arrivé près de sa moitié,
(Des douze légions elle était la plus belle) :
Ma bonne, lui dit-il, ah ! pardonne à mon zèle,
   Si je t'éveille sans pitié ;
Tu le dois : de ma part cette audace est nouvelle,
Et bien mal à propos tu me ferais querelle.
Ici te sachant seule, au bruit que tu faisais,
Je te croyais malade, et je m'en affligeais ;
   C'est une erreur, j'en suis bien aise.
Tu ne dis rien ? Ton œil exprime le courroux...
Allons, reprends ton somme, et place à ton époux ;
   Car on dort mal sur une chaise,
Ou sur un lit de camp. Pour peu que ça vous plaise,
Dormez-y, mes amis. Je ne suis point jaloux,
D'un plaisir martial, qui n'est pas fait pour tous.
Ce n'est que dans mon lit que je dors à mon aise,
Et près de ma moitié, Messieurs, entendez-vous ?

A parler toujours seul, usant sa rhétorique,
Monsieur Bizet se couche et demande au destin
      Le repos jusqu'au lendemain.
      Réveillé par une pratique
      Le susdit jour, de grand matin,
      Il se lève, ouvre sa boutique,
      S'étant vêtu rapidement.
Oh! oh! dit l'acheteur, le bonhomme Valence,
      Je vous en fais mon compliment,
      Bizet, le Roi vous récompense
Du zèle qu'au service on vous voit constamment
Apporter; c'est très-bien, je le dis franchement,
      Ce ruban vous sied à merveille...
      A l'éloge prêtant l'oreille,
      Et sa boutonnière observant,
      Monsieur Bizet vit un ruban
      Qu'il ne possédait pas la veille,
      Et sa lévite n'est pareille
      A celle qu'il avait devant.
      Ne sachant trop s'il dort ou veille,
      Vers sa femme il monte aussitôt.
La priant d'expliquer sur-le-champ et d'un mot,
      Ce que peut cacher ce mystère.
—Mais... rien!—Si fait, madame, ou je ne suis qu'un sot.
—Mais...- Point de mais...- Quel homme! Eh bien! pour me distraire,
      Empruntant de votre compère

Le colonel de Saint-Fabien,
Et lévite et ruban... là, m'entendez-vous bien ?
— Diable m'emporte, non. — Vous ne comprenez rien?
- Oh! rien; parlez... - La chose est cependant fort claire ;
C'est moi qui vous ai fait... - Plaît-il? - Esprit vulgaire!
C'est moi qui vous ai fait... — Eh! quoi? — *Légionnaire!*
     — Vraiment ! c'est fort original ,
     Et cela ne me va pas mal...
     — Eh ! qui vous dira le contraire !

LES VENDANGES.

Je pourrais bien vous parler des vendanges ,
Et vous décrire , au milieu des louanges ,
Leurs plaisirs fous , saisissans , entraînans ;
Mais de tels soins vous paraîtraient étranges ;
Qui ne connaît ces plaisirs ennivrans ,
Sans jeux de mots, du reste fort séans.
Mieux vaut, d'un trait, arriver à mon conte.
Se faire court, à propos, n'est pas honte....
Deux égrillards et madrés villageois ,
Tous deux époux de fringantes commères ,
S'ennuyant fort des conjugales lois ,
Veulent chercher des lois plus passagères ,
Neuves d'abord et puis bien plus légères.
Or , la vendange est un tems fortuné
Pour tout amour illégalement né.

Facilement ils firent bien comprendre
A leurs moitiés que tous deux devaient rendre
A des voisins le service important,
De les aider, avec eux vendangeant.
Ils partent donc sans plus de commentaire
Pour vendanger à la prochaine terre.
Mais les moitiés de ces joyeux gaillards
Ont deviné leurs projets papelards.
Bien! bien ! dit l'une, il faut, en dignes femmes,
Ne pas donner dans de perfides trames.
Nos chers maris agissent en vrais fous ;
Ils comptent mal puisqu'ils comptent sans nous.
Nous serons là, nous verrons leurs fredaines;
Nous prendrons part à leurs bonnes aubaines.
Qui sait vraiment ce qui se passera,
Et dans ceci le dernier qui rira ?
Le complot fait le *duo* l'exécute
Secrètement et sans craindre de chute,
Car il était habilement conçu ;
A l'éventer, on eût été déçu.
Sur les détails, sur tous les accessoires
Je me tairai, comme étant peu notoires.
La nuit survient et les granges sont là.
Les vendangeurs n'aspiraient qu'à cela.
Nos deux maris avaient fait leurs conquêtes,
Pris rendez-vous comme de bonnes têtes,

Puis, à tâtons, la lumière manquant,
Ils vont sans bruit, discrètement cherchant
Le point donné. Ce doux point là se trouve,
Ce qui s'en suit, croyez-moi, bien le prouve.
Mais apprenez que les deux scélérats
Pour s'attester leurs communs attentats
Dans cette nuit à bon droit fortunée,
A chaque amie, au moins momentanée,
(Car ils comptaient changer toutes les nuits,
Ayant du goût pour ces excellens fruits),
Devaient couper avec beaucoup d'adresse
Du tablier une petite pièce :
Preuve muette et parlant à la fois
Des graves faits passés en tapinois.
Le lendemain ils observent des belles
Les tabliers ; tous sont intacts chez elles,
Excepté ceux qu'ils connaissaient trop bien
De leurs moitiés, qu'ils croyaient arrivées
Le matin même, et qui ne disaient rien,
Mais qui riaient des belles équipées
De la nuit. Or, tous deux avaient troqué
De femme et puis chacun avait marqué
L'autre en bon lieu sans que plus on l'explique.
C'est fait, dit l'un ; trop bien, l'autre réplique;
Et, pour tous deux, nous porter pareils coups,
Autant valait, ma foi, rester chez nous.

LA FEMME DE CHAMBRE.

La sensibilité fait tout notre génie ,
Disait l'heureux auteur de la *Métromanie* ;
Il parlait en poète , en favori des dieux ;
    Mais moi qui , sans l'appui des cieux ,
    De rimer ai bien la manie ,
Et parfois celle aussi des gens sentencieux ,
Avec six pieds , mon bien , contentant mon envie ,
    Je dis au lecteur curieux :
La sensibilité , c'est l'âme de la vie !
    Vérité que je prouve au mieux
    Dans un petit conte joyeux.
    Un jeune et brave militaire
    Ayant été mis au tombeau
    Par suite de fâcheuse affaire ,
Sa veuve le pleura : le trait n'est pas nouveau.
La huitaine , d'ailleurs , je crois n'était entière ,
    Mais , Rosine , sa chambrière ,
    Se lamentait et bien et beau.
    Las ! dit la veuve désolée ,
Je vous vois , comme moi , gémissante , éplorée ,
Ma bonne , c'est fort bien ; cela prouve un bon cœur ;
Modérez , cependant , cette vive douleur.
    Votre santé qui m'intéresse

. Peut souffrir d'un si grand souci.
En perdant votre époux, ah! ma chère maîtresse ,
    Dit Rosine , dans ma tristesse ,
Je me suis figuré que j'étais veuve aussi.

LE DANTE.

Un homme se marie , et sa belle moitié
    Bientôt le place sans pitié
    Dans la célèbre confrairie ;
De se pendre aussitôt fera-t-il la folie ?
Non , parbleu , s'il est sage , et juge bien le cas.
Moi, j'en connais beaucoup qui ne se pendent pas.
Les poètes sont gens sur ce point fort paisibles,
Au désastre commun ils ne sont pas sensibles...
Un poète insensible et montrant du bon sens !
Cela ne se peut pas , diront certaines gens
Des deux partis. Pourquoi? Je soutiens qu'un poète
De la saine raison est le digne interprète.
Il vous plaît , vous amuse. Avouez entre nous
Que si c'était un fou d'autres seraient plus fous.
C'est là montrer, je crois, tant soit peu de logique.
    Sur le second point je m'explique.
La sensibilité , ce noble don des cieux ,
Est l'un des premiers biens du favori des Dieux ;

Son âme à tous ses vers semble donner la vie,
Et l'on mouille de pleurs les fruits de son génie.
Mais pour être sensible et pour nous émouvoir
Un poëte peut bien se dispenser d'avoir
    La sensibilité cruelle
    Qui vient troubler mainte cervelle,
Et rend l'homme attaqué du trop fatal travers
Plus à plaindre cent fois que damnés aux enfers.
    Je soutiens donc, de plus je prouve,
    Que tout vrai poëte se trouve
    L'homme le plus indifférent
    Au fantastique événement.
Parmi cent noms fameux aux rives du Permesse
J'en prends un, c'est assez pour l'honneur de l'espèce;
Le *Dante* est ce héros. Il fait autorité;
Parmi les bons maris, il est le mieux noté.
    Sa femme était jeune et jolie,
    Gracieuse, aimable et polie,
Beaucoup trop. On sait bien que le tendre regard,
Ou le parler flatteur est le comble de l'art,
    Et celui de l'amoureux crime :
Quelque vingt fois le *Dante* en devint la victime.
    Un sien ami vint l'éclairer;
Sur ces nombreux méfaits longuement pérorer;
Le *Dante* l'écouta froidement, en vrai sage.
A sa femme aussitôt il rendit le message

Sans en nommer l'auteur. Une autre fois l'ami,
  Qui ne faisait rien à demi,
Revint sur le chapitre et cite autres fredaines
Nouvelles tout-à-fait. — Je vous sais de vos peines,
Mon ami, très-bon gré; mais j'ai pris mon parti.
Ma femme dit tout haut que vous avez menti;
Elle doit le savoir, et moi, je ne réclame:
Sur ce fait un mari doit en croire sa femme.

LA TOILETTE DANS LA RUE.

  On on dira ce qu'on voudra,
  Et quoiqu'en fait il en advienne,
Je suis presqu'ennemi, chacun le comprendra,
  De la milice citoyenne.
  Dieu! la belle position!
  Qu'il pleuve, qu'il neige ou qu'il vente,
  Excusez la description!
  La patrouille, la faction.
  L'exercice, l'instruction,
Et parade et revue et contribution,
Et garde, hors de tour, et corvée assommante,
  Et puis garde d'honneur fréquente;
  Ajoutez, par addition,
  Comme une chose conséquente

Avec ce que j'ai dit dans ma relation ,
        Et le rhume et la fluxion ,
        Et la fausse digestion ,
        Et parfois l'indigestion ,
        Selon la disposition
        Du service qui vous tourmente ,
        Telle est la mensuelle rente
Que paye un citoyen à l'institution
Qu'il trouve, en enrageant par trop monumentale,
        De la garde nationale ,
OEuvre de Lafayette ou plutôt du démon ;
        Qui s'embellit de la prison ,
        Et de l'amende aussi brutale ,
        En tous ces points fort libérale.
Mais tout cela n'est rien , quoique trop , beaucoup trop,
        Et j'arrive en plein grand galop ,
        Dédaignant un vain préalable ,
        Au malheur incommensurable
Qui menace le jour et cent fois plus la nuit ,
Le bon et digne époux dont la femme est charmante,
        Et de complexion aimante.
Femme charmante ou non , toujours excellent fruit
        Pour les maraudeurs de ménage ,
Forbans et flibustiers , race de garnemens
        De qui les joyeux passe-tems
        Sont de causer un grand dommage

A l'encontre de femme sage,
Et par le riccochet au front de son époux ;
Scélérats passe-tems, je le dis en courroux,
 De cette race archi-sauvage
 De cannibales, loups-garoux,
 Hyènes, chacals, vampires, tous,
 Bêtes et gens, de même étage,
Car pour les désigner les durs mots en usage
 Sont mille et mille fois trop doux.
 Respirons, c'est bonne justice,
 Voilà le fait dit à chacun,
 A Lafayette, à sa milice,
 A cette race suberstrice,
Qui vit du bien d'autrui, mais n'en possède aucun.
 Il est maintenant opportun
 Que je reprenne l'exercice,
 Non pas l'exercice commun,
 Dont on nous fait un vrai supplice,
Mais celui de *conteur* fidèle à son service.
 Habillés et *bizets*, et vous très-chers maris,
J'ai pris fort chaudement dans mes mains votre cause,
 Parce qu'étant de vos amis
Votre cause pour moi devient ma propre chose ;
Voilà tout. Le mari dont je veux vous parler
 Est un héros à signaler
 A cette histoire universelle

Des maris mal traités. Mais assez bon luron,
Sans attendre mon aide, il a tiré raison
　　De son offense personnelle,
　　Dont voici le récit fidèle.
Ce mari citoyen dans la milice était
　　Simple soldat, mais il avait
　　Femme d'excellente tenue,
　　De tous les mérites pourvue.
Cela dit, mon héros très-fort s'inquiétait,
L'oreille lui cornait, le front lui démangeait,
　　Et toute trouble était sa vue.
　　De ces choses il supposait
　　Qu'à son égard il se passait
Quelque déception de lui seul inconnue.
　　Il observa, mais ne vit rien;
　　C'est le propre des gens de bien,
Des maris de voir mal en affaire embrouillée;
Il eut l'attention seulement éveillée.
　　Un certain jour, de grand matin,
　　Dans ses vingt-quatre heures de garde,
Lui, si fidèle au poste, à sortir se hasarde;
Mais sombre et soucieux, ayant un grand dessein,
　　Qu'il prétend bien mener à fin,
Celui-là de savoir si tout était tranquille
Sous le toit conjugal, qu'un cauchemar hostile
Lui montrait envahi par un Dieu malfaisant;

Il pénètre, sans bruit, chez sa femme. A l'instant
Il entre et voit, horreur! pour un époux en peine,
Un autre Jupiter avec une autre Alcmène.
Alcmène est sa moitié ; Jupiter, un major.
Tous deux en ce moment faisaient un songe d'or,
    Doux songe, mais réveil terrible !
L'époux était là, froid ; et leur crainte visible
Augmente encor devant son sévère regard.
Ce regard s'adoucit, notre époux impassible,
A l'une dit : Madame, allons, restez paisible ;
    Nous nous expliquerons plus tard.
A l'autre : N'ayez peur de ce mauvais hasard,
    Et bien hasard, je vous assure,
Car je ne croyais pas à pareille aventure.
Du sabre que je tiens, je pourrais me servir,
Et vous le mettre au corps, à l'aise, à mon plaisir;
    Trop dure serait la recette.
J'aime mieux, c'est plus gai, soigner votre toilette,
    Non pas ici, mais tout en bas ;
Descendez lestement, ne vous arrêtez pas
    En route. Avant vous dans la rue
    Vont se trouver tous vos effets,
La fenêtre est ouverte. Ils y seront complets ;
    Cette attention vous est due,
Mon très-illustre chef, pour votre bien-venue.
Mais comme le major, à son air incertain,

Ne semblait pas avoir l'entendement très-fin ,
A coup de plat de sabre appliqués de main leste ,
Il apprend au major à devenir plus presto.
Enfin tous deux en bas, le grand jour paraissant,
     La foule déjà circulant ;
On s'enquiert, on s'approche, on regarde, on s'arrête ,
Et l'on connaît le saint dont on chôme la fête.
Le major s'habillait de son mieux , lestement ;
Mais , on le comprendra , fort maladroitement ;
     Et le public qui sait l'histoire ,
     Qui la grave dans sa mémoire ,
     Sifflait , huait , raillait , riait ,
S'amusant du major qui se désespérait.
Le mari près de lui restait en sentinelle ,
Le sabre au poing : tenue et grave et solennelle !
Le major , habillé , sans autre mal partit.
     La foule à l'époux applaudit ,
Et trouva sa leçon excellente et nouvelle.

LE MUSICIEN DE GUINGUETTE.

« Allons, courage, bien, prenez-en à cœur-joie !
» Croquez-moi le mouton et le lapin et l'oie ,
» Videz le litre , ferme , et puis dansez , dansez
» La *chahut*, le *cancan*... chut ! galopez , walsez,

»C'est permis... êtes-vous mauvais sujets en diable,
» En pinçant l'entrechat, en fricotant à table ?
» Serrez-vous un tendron qui sait vous agacer ?
» Êtes-vous bons partout sans jamais vous lasser?
» De votre joie bruyante, ah! mon âme est charmée;
» Jeunes gens ! le bonheur est la vie animée ! »
Un *Musard* de guinguette ainsi philosophait
Pendant le court repos que l'orchestre prenait.
Son nom est *Roquillard*, son nom vrai, de famille;
Mais on le surnommait *Musard de la Courtille*.
Il avait de ce chef les illustres talens,
Réduits au goût du peuple, en leur genre excellens;
Car le peuple, après tout, a bien sa poésie,
Et les *bras-nus*, par fois, la font assez hardie.
Laissons là néanmoins tels ou tels souvenirs,
Aux uns, objet de joie, aux autres, de soupirs.
Le peuple est bon à voir à certaine distance ;
C'est ainsi qu'il nous voit, égale est la balance ;
Observons-nous chacun, ne nous fréquentons pas,
Ce moyen est le seul pour vivre sans débats.
Il n'est pas plus jaloux, lui, que nous ne le sommes
De compter rapprochés de si différens hommes.
La fortune d'abord, puis l'éducation
Ont fortement marqué la séparation.
C'est un malheur sans doute et chacun le déplore;
Mais peut-être en mille ans le verra-t-on encore.

Et cependant on dit : Les hommes sont égaux !
Oui ! de l'humanité pour supporter les maux.
Revenons au Musard des classes prolétaires.
Chef, il se montre tel à ses humbles confrères ;
Mais à part avec eux son pouvoir absolu ,
C'était l'homme, en tout tems , le plus irrésolu.
Aux volontés d'autrui n'étant jamais hostile ,
Doux , simple , pacifique , obligeant et facile ,
Toujours un bon enfant dans la force du mot ,
Pauvre , mais résigné devant ce triste lot.
Il a repris l'archet et le bal recommence.
Je ne vous dirai pas s'il frisait la licence ;
Quelquefois le sourcil du *garde* se fronçait
Ce que voyant Musard , son orchestre arrêtait.
Les danseurs avertis par ce nouvel usage
Reprenaient de leur mieux une danse plus sage.
Arrive enfin minuit. Le *garde* au ton légal ,
Par un : *allez-vous en* ! a terminé le bal.
Musard philosophait , on l'a vu tout-à-l'heure.
D'un pas assez rapide il gagnait sa demeure ,
Se parlant à lui-même avec un vrai bonheur.
Il disait : allons ! gai ! tout est heur et malheur.
Le mauvais tems, deux jours, m'a ravi ma semaine :
Lundi , jeudi manqués, sont ma mauvaise veine ;
Mais, aujourd'hui, le ciel s'est montré tout pour moi,
Ma femme et mes enfans de vivre auront de quoi.

Ma femme était malade et met peut-être au monde
Deux enfans, c'est beaucoup, mais ma femme est féconde,
Et son premier tribut à la maternité :
M'a donné deux jumeaux, dont je suis enchanté.
Sont-ils beaux et mignons ! j'en ferai des artistes.
Des grands compositeurs ils orneront les listes.
Des danses de bon goût l'un sera créateur,
Et l'autre, à mon exemple, en sera directeur.
Quant aux enfans à naître..., on verra par la suite.
Tu peux accoucher, femme! ah! ma bonne conduite
Vous soutiendra toujours, tous, chacun, femme, enfans,
Eh ! n'ai-je pas, ce soir, gagné mes trente francs?
Ils sont là, dans ma poche... Et Musard les agite,
Pour marcher plus gaîment vers son modeste gite.
Sous le charme si doux du bonheur qu'il avait,
Musard ne pensait pas, hélas! qu'on le suivait.
Deux hommes, tout-à-coup, le saisissent, le pressent,
Enlèvent son trésor, et, lestes, disparaissent.
Qui fit piteuse mine ? Oh ! certes c'est Musard.
Il reconnut son tort, mais il était trop tard.
Humilié, confus, le désespoir dans l'âme,
Il poursuit son chemin, arrive chez sa femme,
Et l'entoure bientôt de ses soins caressans.
Il avait deviné. Quoi? deux? Non, trois enfans !
Que le ciel soit béni, dit-il, la providence
Protége la famille où sont en abondance

Les enfans. Dieu merci ! sans par trop exiger,
Je puis prier le ciel de me bien protéger.
— C'est fort sage, observa la dame Marceline,
De notre bon Musard obligeante voisine ;
Mais l'accouchée attend et du sucre et du vin,
De l'argent, vite, allons ! — Vous en aurez demain,
Je n'en ai pas ce soir... Là dessus il raconte
Qu'on l'a dévalisé. — Dévalisé ! sot conte !
L'argent a disparu quand ici l'on souffrait ;
Mais c'est dans les plaisirs qu'on goûte au cabaret ;
On mangeait, on buvait, on faisait belle vie.
N'est-ce pas une horreur, une atroce infamie,
Un père de famille être un dissipateur,
Et ne pas voir chez lui la faim et la douleur !
Si j'avais de l'argent, moi, je serais humaine ;
Mais je suis femme, vieille, et souvent dans la gêne.
Mange-tout ! sac-à-vin ! va prendre du repos,
Et traite mes raisons de médisans propos.

Accablé par le vol, accablé par la langue,
Il était comme mort sous la rude harangue ;
Il pleurait. Marceline en murmurant sortit.
Bientôt elle rentra : Grâces à mon crédit,
Voilà ce qu'il vous faut, dit-elle à l'accouchée ;
Sa mauvaise conduite est ainsi réparée.
Jour de Dieu ! si j'avais un mari comme lui,
Je voudrais l'étrangler, pas plus tard qu'aujourd'hui.

A-t-on le cœur plus dur, l'âme plus scélérate !
Tout manger et tout boire! ah! d'une espéce ingrate
Qui vous fait des enfans et puis vous plante là :
Que je voudrais tenir le dernier, oui! oui! là !
Crac! plus d'homme, oh! non, plus de ces têtes vineuses,
Et les femmes seraient, ma foi, bien plus heureuses.
Il fallait respirer, et malgré son courroux,
Elle se tut : son œil foudroye encor l'époux.
Cependant l'accouchée, oubliant sa souffrance,
Du mari maltraité, prend la juste défense,
Et soutient que Musard, homme de probité,
Toujours loyal et franc, a dit la vérité.
Marceline écoutait, mais en hochant la tête,
Car sa conviction n'était pas satisfaite,
Elle observait Musard. Enfin le lendemain,
On eut de sa pensée un garant tout certain;
Et montre et chaîne d'or par elle sont en gage,
Pour aider quelque tems le malheureux ménage.
Econome, rangé, le ciel aidant enfin,
Musard, en peu de tems, vit un meilleur destin;
Marceline rentra dans ses nobles avances.
Un petit héritage ajoute aux bonnes chances;
La famille Musard, la voisine aux bienfaits,
Plus que jamais unis, ont tous vécus en paix.

LE DÉBITEUR CRÉANCIER.

Le *Gascon* est la molle argile
Qu'un *Conteur* aime à façonner ;
Heureux poète, artiste habile,
Il sait, par sa verve facile,
A cette œuvre toujours donner
Un caractère indélébile,
C'est dire la grâce, l'esprit,
Et la gaîté vive et piquante,
Et l'étourderie entraînante
Sans lesquelles fort peu l'on rit.
Le *Gascon* est riche matière,
Et quelle que soit la manière
De l'employer, on obtiendra
Une réussite plénière.
Jamais la gasconne bannière
En prose, en vers ne déplaira,
Et le fou-rire la suivra.

Voilà ce qu'un *Conteur* peut dire
Lorsque son talent est heureux ;
Voilà bien ce que j'ose écrire ;
Mais promettre et tenir sont deux.

Un peu plus bas , daignez sourire,
Et je ne suis point malheureux.
Mon cher Carlé , sur ma parole
J'aurais vésoin d'une pistole
Qué jé t'emprunté sans façon :
Tu sais qu'à rendré jé suis leste...
— Je ne l'ai pas. — Quoi ! tout dé von
Tu n'as pas un écu ? — Si. — Peste !
Jé réconnais lé von garçon ;
Donné. Tu mé débras lé reste.

CENT LOUIS OU LA PRISON.

Cent louis à payer , et n'avoir pas un sou !
A moindre compte on devient fou ,
Et je crois l'être , sur mon âme.
Cent louis! La prison! Quel avenir...! Ma femme,
Cet officier, logé céans,
Est aimable?—Beaucoup.—Riche?—Et des plus galans.
— Tant pis. Oh, la prison ! Madame,
En voudrait-il à mon honneur?
Billet que je maudis ! — Plein d'une vive ardeur,
Et fort prompt à prouver qu'il m'aime,
Il tombe à mes genoux..—Dieux! quelle audace extrême!
Puis...—Je l'ai repoussé.—Sans doute avec horreur?

—Je l'ai dû. — Cent louis…! En tout temps ton aigreur
Te rend sotte, maussade. Incessamment la même
Tu l'auras maltraité. — Sans se décourager,
Et m'offrant mille écus… — Mille écus! — T'affliger
    N'a jamais été mon envie :
Je l'ai refusé net. — Dès demain en prison ,
    Pauvre mari , quelle infamie !
    — Ferme, consultant la raison ,
Le devoir et l'honneur… — Morbleu! point de chanson;
Cent louis ou coffré , de l'huissier malhonnête
    Voilà l'éternelle requête.
—Non, monsieur, ai-je dit, dans mon juste courroux;
Pour le déshonorer j'aime trop mon époux ;
    Ailleurs cherchez une conquête;
Je suis fidèle. — Bien; enfin, tout est perdu.
— L'officier, cependant, est encor revenu
    Plus affligé , plus éperdu ;
D'un regard de pitié se faisant une fête…
— Cet homme assurément a bien de la vertu ;
Il n'a pas contre lui sentence toujours prête ;
Après. — Ton désespoir que j'avais trop prévu ,
Cher époux… —Chère femme…—Hélas!—Ah! que dis-tu?
    — Bientôt m'a fait perdre la tête ;
Et ces trois mille francs… — Oh ciel! l'ussé-je cru!
Trahi , déshonoré… Destin, destin funeste !
    Allons : c'est six cents francs de reste.

LINGUET ET SON CONFRÈRE.

Deux avocats, Linguet et Coquelet,
Couci, couci, vivaient en bons confrères ;
Ils se parlaient, mais ne s'estimaient guères,
C'est moins que rien , le monde est ainsi fait.
Laids tous les deux , le dernier tant l'était
Que de se voir lui-même s'effrayait ,
Et néanmoins, pour son malheur avait,
Le diamant des belles ménagères ,
Qu'à son insu , seul il ne possédait.
Seul , entre tous , cet époux ignorait
Que les amours et les galans mystères
Avaient son front pour asile secret ;
Destin commun... Halte ! je suis discret ,
Car des maris rappeler les misères
C'est s'attirer de méchantes affaires.
Venons au fait, par raison, non par choix :
Adieu récit du galant artifice !
Nos avocats souvent en exercice
Se rencontraient au Palais ; chaque fois
Se saluant du geste et de la voix.
Mais Coquelet disait avec malice,
De l'œil prenant le barreau pour complice :

Eh ! c'est l'ami , c'est maître Lin-gu-et !
Et du barreau chaque membre riait ,
Comme l'on rit d'un mot, d'un rien qui plaît ;
Le rire vient , on s'y livre d'un trait ,
Et puis l'on cherche enfin à quel sujet
A sa gaîté l'on a donné carrière ;
Cent fois du rire on est mal satisfait ,
Tel qu'au *Lazzi* de *Maître Lin-gu-et.*
Maître Linguet trouvait que la manière
De le nommer était fort singulière.
Tout dès l'abord en secret il pesta ,
Et de se taire il s'impatienta ,
Si qu'un beau jour sa vengeance éclata ,
Non par accès de rage ou violence ;
Mais plaisamment et comme était l'offense.
Ainsi qu'il suit se passa la vengeance.
Les deux rivaux d'un air un peu coquet
S'appercevant se font la révérence ,
Et Coquelet en souriant d'avance
Recommença d'un ton haut, clair et net
Son éternel et perfide couplet :
Eh ! c'est l'ami, c'est maître Lin-gu-et !
Punition suivra l'impertinence.
Dans ce moment la foule était immense ;
Linguet répond , renforçant le fausset :
Eh ! c'est l'ami , maître Co-qu-e-let !

Ce nom scandé fit rire tout le monde ,
Et cette fois le rire eut un objet.
De loin , de près , quand le cas advenait ,
Partout , chacun répétait à la ronde ,
Voyant passer l'auteur du *Lin-gu-et* ,
Eh ! c'est l'ami , maître Co-qu-e-let !

LA PLAIDEUSE DÉSOLÉE.

Mon Dieu , que je suis malheureuse !
Disait une franche plaideuse ,
  En jetant les hauts cris ,
    A la confidente
      Dolente
  De ses processifs soucis.
Raconte-moi donc , belle et bonne ,
  Répond la tendre personne ,
Le grave sujet de tes pleurs.
  Tu le sais , ma mignonne ,
Le ciel veut éprouver nos cœurs
    Par les malheurs ;
  Et bientôt il nous abandonne
Si nous n'usons pas bien de ses saintes rigueurs.
  Un peu longue était la harangue ;

J'allais déplorer de ta langue,

Les surabondantes ardeurs,

Reprend la plaideuse assez vive ;

Voici le fait : sois attentive,

Dis-moi s'il fut jamais de plus tristes destins.

A ton amitié, mon refuge,

Je vais confier mes chagrins :

Je plaide.—Fort souvent, mais sans nul subterfuge

Tu n'entends pas bien ce métier.

— Et je viens de quitter mon juge,

Désolée.— Oui, je crois, tu n'as pu le lier

Au succès d'une bonne cause.

—Tu l'as dit. — C'est étrange chose,

Que jeune, belle, aimable, avec beaucoup d'esprit

Tu trouves un juge insensible.

— Ajoute vieux et laid.—Ce fait, sans contredit,

Me paraît vraiment impossible ;

C'est que tu n'auras pas tenté...

— Si fait ; et même avec adresse :

Néant.— Ma chère, en vérité,

Tu mets bien en défaut ma perspicacité,

Et franchement je le confesse.

—Moi-même j'en rougis. Tant de sévérité

S'explique cependant. Ce juge sans faiblesse

N'a ni confesseur ni maîtresse.

L'AVIS DE LUCAS.

Consumé des plus vives flammes ,
Mais tout troublé , maître Colas ,
Voulant choisir entre deux femmes ,
Va trouver son ami Lucas ,
Lui conte son petit tracas ,
Et dit : Laquelle de ces dames
Epouserai-je ? — Ami Colas ,
Sachons quelle beauté vous tente ;
Expliquez-vous , répond Lucas.
—L'une , belle , grande , imposante ,
Charme par de brillans appas ,
Et conviendrait fort à Colas.
— Je le crois , réplique Lucas.
— L'autre , jeune et vive bergère ,
Petite , en tout faite pour plaire ,
Très-incapable d'un faux pas ,
Servirait bien de ménagère
A votre ami maître Colas.
— Je vous entends , reprit Lucas.
Mais franchement dites , compère ,
Comment nommez-vous la première ,
Et la seconde. En pareil cas

Le nom fait beaucoup à l'affaire :
Cela préserve d'ordinaire
Ou de méprise ou d'embarras.
— La grande se nomme Lisette,
La petite a pour nom Colette :
Noms charmans... Qu'en pense Lucas ?
— Laissez-moi méditer, Colas. —
Après avoir hoché la tête,
Fort gravement fait quelques pas,
Et puis s'être croisé les bras,
Avec ce ton plein d'assurance
Que prend un homme d'importance,
Ainsi parla maître Lucas,
En regardant maître Colas :
Lisette me plaît, je l'avoue ;
Colette attend que je la loue :
Bon juge ne balance pas.
Lorsque prudence nous dirige
Aucun avis ne se néglige :
Ecoutez l'avis de Lucas.
« Pour éviter maint altercas,
« Colette à vous doit se conjoindre ;
« Prenez-la donc, maître Colas,
« Car de deux maux, suivant Lucas,
« Le mieux est de choisir le moindre. »

LA CHANDELLE RALLUMÉE.

Guillot était un gros garçon ;
Petite brune était Suzon ;
Guillot était plein de simplesse ;
Suzon était toute finesse ;
Guillot fort amoureux était,
A Guillot Suzon ne pensait.
Mais Guillot disait dans son âme
Qu'il prendrait bien Suzon pour femme ;
Et comme riche était Guillot,
Que Suzon n'avait pas de dot,
Guillot offrant le mariage,
Suzon brûlant d'être en ménage,
Guillot obtint facilement
De Suzon le consentement.
Que fait-on en pareille affaire ?
Se marier c'est l'ordinaire.
Ils sont époux ; ce n'est pas peu.
Seuls ils restaient au coin du feu :
C'était le soir. Guillot, bien aise,
De Suzon partage la chaise :
La chaise casse. Patatras :
Suzon et Guillot sont à bas,

Et par contre-coup la chandelle.
Vite, rallume-la, ma belle;
Rouge est encor le lumignon,
Dit Guillot. Suzon souffle. — Bon,
Reprend Guillot. Quoiqu'on en dise,
Je suis content: c'est preuve acquise.
— Que dis-tu donc, petit mari?
— Ce que je dis? — Oui, mon chéri !
Guillot se tient droit comme un cierge;
Puis repart: Certes elle est vierge,
Et vierge du meilleur aloi.
Qui? — Toi. — Moi ! — Sans doute. — Pourquoi ,
Demande Suzon étonnée.
— De la chandelle rallumée
Par ton souffle seul, je suis fier;
Suzon, votre honneur est entier;
Je l'affirme sur ma parole.
Suzon, riant comme une folle,
Dit étourdiment: ce moyen,
Oh ! je t'assure n'y fait rien.
Mais, lui que son idée enchante
Le lendemain, l'âme contente,
Raconte le présage heureux,
Et la suite, objet de ses vœux.
Dans tout le village il se cite,
Le village le félicite

Et du présage et du trésor ;
Et le village en rit encor.

TRAIT ANTIQUE.

Ne peut-on, sans être ignorant,
Utile dulci, te traduire
Par : *Unir le grave au plaisant ?*
J'ai dit ce que je voulais dire,
Et passe au *Conte*, où le touchant
Se mêle au trait qui fait sourire.
Beaux de génie et de raison,
Trois mots sont fameux au parnasse ;
Le *moi !* de madame Jason,
Le *qu'il mourut !* du vieux Horace,
De Jacques le : *Je le savais !*
Ces mots célèbres tout français
Du temps braveront la disgrace,
Et seront cités à jamais.
D'un mot quelle est donc la puissance,
Et sur l'esprit et sur le cœur !
Le guerrier sur le champ d'honneur,
L'amant qui soupire en silence,
Au théâtre, le spectateur,

De la cour l'humble serviteur ,
Dans un mot trouvent l'espérance ,
L'enchantement , l'indifférence ,
Le désespoir ou le bonheur !
Puisqu'un seul mot peut du génie
Marquer le plus beau mouvement ;
Qu'un mot peigne à l'âme ravie
Le sublime du sentiment !
D'Athène une riche habitante
Dont célèbre était la beauté ,
Demandait , en femme imprudente ,
A Spartiate intéressante
Par ses vertus , sa pauvreté :
En dot qu'avez-vous apporté ?
Sévère sans être offensante ,
Laconique , mais éloquente ,
La Spartiate , avec fierté ,
Lui répondit : *La chasteté !*

Ce mot est digne de l'histoire ,
Et fait pour orner la mémoire
Des dames pauvres de nos jours ;
Mais , grâce aux modernes amours ,
Si j'avais à mettre en ménage
Fille aussi parfaitement sage
Que l'héroïne de ce trait ,

Je vais avouer mon secret ,
Protester avec assurance
Qu'à Paris , en toute la France ,
J'aurais beau ne faire qu'un cri ,
On me dirait en confidence :
Bonhomme ! allons, prends ton parti ;
Fille sans dot , point de mari.

ESPRIT ET SENTIMENT.

Sexe charmant pour te faire adorer
Contente-toi des dons de la nature ;
Jamais le fard ne sied à la figure ,
Jamais l'orgueil ne se fait honorer,
Et , comme toi , quand on a sans mesure
Tous les trésors que l'on peut désirer ,
Il faut savoir sagement s'en parer.
Nous n'aimons point une femme trompeuse ;
On fuit souvent une *belle parleuse ;*
Ce qui nous plaît c'est bien moins la beauté
Que la candeur et la simplicité ;
Nous n'excluons ni le goût ni les grâces ;
Toujours la femme en maintiendra les traces ;
Le sentiment et l'esprit délicat

Empruntent d'elle un bien plus doux éclat :
Nous la voulons telle qu'elle doit être,
Telle, en un mot, que le ciel l'a fait naître.
A ce propos citons un heureux trait
Qui joint l'esprit au sentiment parfait.
Aménaïs, que rendaient respectable
Et ses vertus et son illustre sang ;
Aménaïs, aussi belle qu'aimable,
Qui fut toujours digne de son haut rang,
Lisant un soir la peinture touchante
Que deux amans faisaient de leur ardeur,
Sous le feuillage, et rêvant le bonheur,
Quitta bientôt sa lecture attachante,
Se rappela tout ce qu'elle avait lu :
Amans, dit-elle, ah ! que d'esprit perdu !
Du vrai bonheur vous n'avez eu que l'ombre ;
Vous étiez seuls et le bois était sombre !

LE PRÉSAGE.

Confiant dans sa destinée,
Certain jeune et novice amant
A se soumettre au joug du sévère hyménée
Se disposait assez gaiment.

Fort simple est ce projet. On voit, suivant l'usage,
Ð€€€€S'engager dans le mariage,
Ð€€€€€Malgré les propos des railleurs,
Ð€€€€€Le jeune imprudent et le sage,
Ð€€€€€L'homme constant, l'homme volage,
Et parfois, des premiers, les plus malins rieurs.
C'est ainsi que pensait le héros de ma fable.
Son hymen qu'on prépare aura lieu dans deux jours;
Ð€€€€€Jusqu'à ce temps, en homme aimable,
Ð€€€€€L'amant débite beaux discours,
Ð€€€€€Et pour gages de ses amours
Présente, dans l'espoir de se rendre adorable,
Ð€€€€€Nombreux joyaux, riches atours,
Ð€€€€€Que l'on reçoit d'un air affable.
La main qui sait donner est toujours agréable.
Mais, selon notre ami, le don le plus charmant
Est celui d'un rosier, qu'avec un soin extrême
Ð€€€€€Il avait cultivé lui-même
Pour l'offrir à propos. L'à-propos justement
Ð€€€€€Arriva dans la matinée
Ð€€€€€Où l'heure la plus fortunée
Allait le voir lier à l'objet de ses feux.
L'heure sonne, et l'amant à sa belle présente
Bouton tout près d'éclore, emblème simple, heureux
Ð€€€€€Du destin qui comble ses vœux
Ð€€€€€En couronnant sa flamme ardente.

Admirant le rosier qu'elle daigne accueillir,
 La belle est doucement émue,
Et ses doigts délicats s'avancent pour cueillir
 La fleur qui sait charmer sa vue.
Le galant aussitôt détache le bouton ;
  Mais il se pique. La leçon
  Pour ce moment-là fut perdue.
En ce grave sujet que l'on plaisante ou non,
 Le mariage s'effectue.
L'épouse était jolie, elle avait mille appas ;
Mais, dès le lendemain de la plus belle fête,
  Bien certaine de sa conquête,
  La dame au logis fait fracas,
Se montre ce qu'elle est, ce qu'on ne savait pas ;
  Jalouse, grondeuse et méchante.
Oh ! oh ! dit le mari dont la tête est prudente,
Ma femme, je le vois, se plaît à disputer,
Et son humeur, vraiment, me semble fort mutine.
Fàcheuse découverte... Il faudra résister...
Résister ? non, parbleu, je ferai bonne mine ;
  C'est le plus sage à mon avis.
  Le présage était bien précis ;
  Il m'apprenait, chose chagrine,
Qu'on ne trouve jamais de *rose* sans *épine*.

ROSETTE BONNARD.

Je crois qu'en ce sujet, avec étourderie,
J'ai trop donné carrière à la plaisanterie.
Le préambule est long, très-long; le conte, peu.
Lecteurs, avec bonté, prêtez-vous à ce jeu.
Certes le *Mélodrame* est une belle chose !
De cent plaisirs divers il est toujours la cause,
Et son front couronné de trente ans de succès
Prouve l'excellent goût du bon public français.
Bon public! tous les soirs, protecteur des merveilles
Que de nos boulevarts, enfantent les *Corneilles*,
Tu vas rire aux propos du niais *Duménis*,
Qui n'est pas le premier des *niais* de Paris,
Ou louer *Frédéric* dont l'âme paternelle
Trouve au fond d'un fusil une force nouvelle.
Je vous prends à témoins, grands coquins des *Adrets*
Et des *aventuriers*, charmans mauvais sujets,
Célèbre *Cardillac*, vous tous du Mélodrame
Les héros! vous touchez, vous enchantez notre âme,
Parlez. Ne sont-ce pas vos hautes fictions,
Vos superbes discours, vos nobles actions,
Qui nous rendent présens les tableaux de la vie ?

Mais pourquoi résister à la commune envie ,
Et ne point prendre part au spectacle moral
Du vol d'un *diamant* , vanté par maint journal ?
Le diamant n'est pas un drame épouvantable ,
C'est un tort. Le sujet est par trop raisonnable.
Vivent les scélérats de toutes les couleurs !
On ne peut s'amuser sans forfaits, sans horreurs.
Pixérécourt , rends-nous les fruits de ton génie.
Rien n'éclaire l'esprit comme un vaste incendie ;
Rien ne paraît moral comme un enfant bâtard ;
Rien ne touche le cœur comme un coup de poignard.
C'est en ces grands sujets que le talent s'escrime,
Auteurs , agrandissez la carrière du crime.
Soignez , soignez le style et souvenez-vous bien
Qu'un style naturel est un mauvais soutien.
Lancez, comme un torrent, la phrase hasardeuse,
Faites ronfler surtout la sentence pompeuse :
Elles frappent l'esprit d'un subit embarras ;
On admire toujours ce qu'on ne comprend pas.
L'auteur de Mélodrame en tout tems doit se dire :
« Je n'écris que pour ceux qui ne savent pas lire. »
Aurait-on oublié des doctes écrivains ,
Si chers au Mélodrame , appuis de ses destins ,
Ces traits même applaudis des censures chagrines:
« L'oreiller du remords est rembourré d'épines...
» Vis-à vis la vertu , le crime doit trembler...

» Feignons de feindre afin de mieux dissimuler...
» L'honneur, des scélérats n'est jamais le partage.
» Plus pure est l'innocence alors que l'on l'outrage...»
Et ce mot, ce mot seul par lequel nous tremblons,
Le *qu'il mourut!* du jour, ce mot : *Dissimulons!*
Lorsqu'il est prononcé par un *traître* célèbre,
C'est pour les spectateurs, une clarté funèbre.
Ce mot, sur le public, fait un magique effet ;
L'auteur qui le néglige en est à l'alphabet...
Mais votre astre a pâli devant un nouvel astre,
Grands auteurs, vous marchez de désastre en désastre;
Le *Romantisme* est là ; de son bras de géant,
Il vous a tous plongés dans un autre néant.
Votre langue n'est plus celle qu'il fait entendre ;
Où vous étiez obscurs, il se fait fort comprendre.
Le *triple acte*, pour lui, sortait d'étroits cerveaux,
Et son cerveau plus vaste enfante *dix tableaux!*
Chacun de ses sujets montre une vie entière ;
Son héros, en enfant entre dans la carrière,
Devient jeune, homme mûr, et finit en barbon;
C'est le comble de l'art, surtout de la raison.
Toutes les passions par ses soins sont aux prises;
Et sont si bien à nu, que toutes sont comprises.
De l'oreille et de l'œil, vous en jugez l'éclat;
L'*adultère* est charmant, *l'inceste*, délicat;
Sans le frein obligé des antiques coulisses,

Vous pourriez savourer ces aimables délices...
Cela c'est simplement pour bien peindre les mœurs.
Pour les effets de scène et les grandes terreurs,
L'auteur, d'un condamné, vous montre la *toilette*,
Le *confesseur*, la *garde*, et jusqu'à la *charrette*;
Il manque l'échafaud et le panier sanglant,
La tête détachée et le corps palpitant...
La bonne volonté de l'auteur est certaine
Et ce n'est que l'acteur qui recule à la peine !
Mélodrame ! ah ! reviens, je t'ai pris pour sujet,
Et mon conte, sans toi, paraîtrait sans objet.
Entrons à la *Gaîté*. Remarquez aux premières
Du fameux Pont-aux-choux la reine des crêmières,
C'est madame Bonnard. Au tems de ses beautés,
Rosette était son nom. Dix lustres bien comptés
Sillonnant son visage, y laissent des vestiges
Qu'elle voudrait cacher par d'innocens prestiges.
Blâmer de pareils soins serait peu généreux,
Ils n'affligent personne et Bonnard est heureux.
Tendre et fidèle époux, il trouve encor Rosette
Tous les ans, plusieurs fois, digne de la fleurette.
Leur tranquille bonheur n'arme point les jaloux ;
Ils s'aiment en amans quoiqu'ils soient vieux époux.
Je mens peut-être un peu, du moins quant à madame ;
Elle a pour le théâtre une invincible flamme.
Observez l'intérêt qu'elle prend aux malheurs

Prompts à s'accumuler sur *l'héroïne* en pleurs ,
Voyez-vous son courroux aux trahisons du *traître?*
Quelqu'un s'approche d'elle... Il vient de disparaître ;
En désordre elle part. Suivons-là... La voici.
« L'ai-je bien entendu ? dit-elle , mon mari ,
» Cher Bonnard ! il se meurt, frappé d'apoplexie !
» Volons à son secours... » Rosette était sortie ,
Etouffant ses sanglots et ses fréquens hélas !
Mais Rosette revient en hâte sur ses pas ,
Et dit au contrôleur , qui dès lors la remarque :
«Monsieur, donnez-moi donc, donnez ma *contremarque!*»

LA VEUVE IRRÉPROCHABLE.

Vous connaissez l'aventure plaisante
De ce mari qui , veuf depuis deux jours ,
Étant surpris embrassant sa servante
Dans un grenier , tout lieu plaît aux amours .
Dit aussitôt , rendant sa voix dolente ,
Qui montrait bien le scélérat parfait :
Dans la douleur sait-on ce que l'on fait !
Le trait est fort , il faut que j'en convienne ;
Pendant long-temps , je le crus sans égal ,
Pensant que l'homme a toujours fait le mal ,

12

Ou le fera. Mais madame Adrienne,
Bien malgré moi m'a fait changer d'antienne.
Grâce au beau sexe, en ce point capital,
Notre héros n'est plus original.
Le vieil Orgon, mari de cette Dame,
Aimable, accorte, ayant mille agrémens,
Et n'ayant pas son trentième printems,
Un beau matin étant près de Madame,
Au mieux traité par docteurs vigilans,
Porta le prix de leurs rares talens :
Il fut forcé de rendre à Dieu son âme.
Bien et dûment dans quatre ais de sapin
Défunt Orgon subira son destin
Dedans le jour. En attendant, on pleure,
On se désole, en toute la maison :
Parens, amis, valets à l'unisson,
Car on l'aimait ce bon monsieur Orgon,
Pauvre mari, mais excellent patron.
Or, il advint qu'en son humeur active
La sœur du mort, prude rébarbative,
En parcourant le logis haut et bas,
Et poussant fort d'innombrables *hélas!*
Entre en la chambre où se tenait la veuve,
Qu'elle croyait dans le plus grand émoi,
Se promettant de bien garder sa foi!
De sa douleur elle eut une autre preuve...

Laquelle ? chut ! Quelque soit le tableau
Discrètement n'ouvrons pas le rideau.
Dame Honesta, cette sœur ébahie,
Resta sans voix, presque sans mouvement ;
Elle semblait en tout anéantie.
Mais lui revint vite le sentiment
Quand, par ses yeux, elle fut avertie.
L'eussé-je cru, dit-elle avec aigreur,
Que trahiriez ainsi le saint honneur,
Quand votre époux, dont froide n'est la cendre,
Est là gisant ! — Madame, il faut s'entendre,
Pas n'est besoin de discours éclatant ;
A m'excuser, je ne sais point descendre ;
Comme voudrez, jugez le cas présent,
Répond la veuve, un mot est suffisant :
Ce que je fais ne doit point vous surprendre,
Je le faisais lorsqu'il était vivant.

LE PEIGNOIR.

Dix-sept printems au plus, et gentille à croquer,
    Telle était l'aimable Suzette,
        Petite brunette
    Que l'amour venait d'escroquer

En cachette,
A mille amans,
Vrais forbans,
En amourette.
Désespérés
Ils se sont retirés
Dira quelque voix bien jeunette?
Nenni ! Plus sagement
Ils sont tous partis en riant :
Pour une qui refuse une centaine est prise.
Arrivons au fait maintenant.
La place, c'est Suzette, avait était surprise
Bien moins par un bon vieil amant,
Que par un jeune et beau tenant
Plein de candeur et de franchise,
Ce qu'on peut exprimer plus énergiquement...
Oui, sans doute, mais, moi, j'agis différemment :
Pour que mon conte soit de mise,
Ce que j'ai dit est suffisant.
Le vieillard payait bien ; Suzette était heureuse ;
Mais comme elle était amoureuse
Le vieillard payait mal ; il n'avait que de l'or
Et ce n'est pas là le trésor
Dont une fillette est avare.
Quand la jeunesse nous égare,
Et que nous ressentons tous les feux de l'amour,

A les éteindre nuit et jour
Nous voudrions passer chaque instant de la vie !
Amour ne va pas sans folie.
Suzette avait du sens. Elle espérait jouir
Des dons de la fortune et goûter le plaisir.
Chacun de ses amans contentait son envie ;
Mais le diable se mit un jour de la partie.
A la suite de doux ébats,
L'amant que l'on n'attendait pas,
C'est le vieillard, on le devine,
Est à la porte. Il frappe, il frappe encore... Paix !
Dit-elle au jeune amant, qui fait piteuse mine,
(Car il n'était pas fort notre nouveau Sargine),
Ce n'est pas le moment d'expliquer mes projets,
Seulement observe et profite,
Et, quand tu le pourras, ami, sors au plus vite.
Suzette court ouvrir. Légère et folâtrant,
Et de son peignoir, en jouant,
Elle enveloppe avec adresse
La tête du vieillard. Le jeune homme s'empresse
De saisir cet heureux moment ;
Mais, gauche ou malheureux, il tombe lourdement.
Le vieillard bientôt se dégage
Du vêtement trompeur,
Et dit avec douceur :
Le maladroit, ma belle, a détruit ton ouvrage,

Et fait connaître son bonheur !
Suzette, adieu, je deviens sage ;
Je me souviendrai qu'à mon âge
Seul, on n'occupe plus un cœur.
Mes bienfaits te suivront ; fais-en un bon usage :
De la beauté même volage
Jamais l'homme de bien n'a voulu le malheur.

LA PARTIE DE CARTES.

Sur les genoux de Nicolas,
Suzon était assise ;
Il devait l'épouser... Quand advient pareil cas
Mainte chose est permise
Devant témoins ; ici, nous n'en manquerons pas.
Aux côtés de la fille
Se trouvaient le papa, la maman, la famille,
Lesquels, en bonnes gens au *réversi* jouaient :
Nicolas et Suzon simplement regardaient.
Suzon, d'abord fut très-paisible,
Aux chances de ce jeu paraissant insensible ;
Mais tout à coup son air devient intéressant,
Etant toujours sur son amant.
Elle se lève un peu, se remet, se relève,

Après mille façons, toutefois ne se lève,
        Et cependant incessamment,
        Elle va toujours s'agitant,
Si que c'était plaisir à toute l'assemblée.
        Arrive *Quinola*
        Dans le jeu du papa ;
        Quinola fait gagner d'emblée.
Suzon, que n'a cessé d'intéresser le jeu,
De son amour pour lui sent augmenter le feu,
Et lorsque *Quinola* se montre sur la table,
Cédant aux doux transports d'un plaisir délectable,
        Suzon, sans quitter les genoux
        De son futur époux
Saute cinq ou six fois, plus vive, plus légère,
Criant : maman, maman, il a gagné, mon père !
Et chacun d'applaudir au filial transport.
Assez près, un témoin, qui faisait l'esprit fort,
Prétendit, à part lui, que si drôle manie
        Avait pour cause autre folie.
        Plus attentivement,
Il regarde. Suzon *posait* artistement,
        Et Suzon encore ravie
Lui parut plus vermeille et beaucoup plus jolie.
Il se tut. On s'épouse, et neuf mois, jour pour jour,
        S'entend du jour de la partie,
L'hymen cueillit les fruits qu'il devait à l'amour.

Que vous semble, entre nous, de cette espiègleric,
    Amis ? dites, de votre vie,
Vous conta-t-on un tour, là, d'aussi bon aloi ?
    Non, cent fois non, je le parie.
Eh bien ! à mon récit, messieurs, ajoutez foi,
    Car l'esprit fort, c'est moi !

LE MARI QUI SAIT VIVRE.

    L'époux d'une femme jolie,
Mari rare, je crois, pour l'honneur masculin,
    Voyait avec un vif chagrin
Que malgré le mérite et la coquetterie
De sa femme, sa table était fort mal servie,
    Et qu'il pourrait mourir de faim,
Quand madame au plaisir abandonnait sa vie.
Un mari qui sait vivre aime à vivre gaîment,
Toujours dans l'abondance et délicatement ;
Le nôtre veut cesser de faire maigre chère ;
Il avait de l'esprit et savait le montrer.
    Sa femme, fringante et légère,
    Au logis venait de rentrer
Dans une émotion... Fort prompt à pénétrer
En semblable sujet le plus profond mystère,

De suite, et par instinct, il sait bien rencontrer
Le point qui le touchait. Mais, sage et sans colère,
A son épouse il dit : Ecoutez-moi, ma chère,
Je n'ai point les travers des maris exigeans,
De leurs tendres moitiés, inflexibles tyrans;
Je suis, chacun le sait, doux, complaisant, affable;
J'accueille vos amis. Pour vous très-serviable,
Volontiers, je me prête à tout ce qui vous plaît;
Pour vous prouver mon zèle, en tous les tems complet,
Je vais, je viens, je vole et jamais ne me lasse,
Et sais, étant de trop, abandonner la place.
De ces bons sentimens, dont le fruit, entre nous,
Fut, jusques à ce jour, uniquement pour vous,
    Madame, je puis bien me plaindre ;
    Mais je me plaindrai sans courroux ;
    Je ne veux même vous contraindre
A changer de conduite ou vous réduire à feindre :
Lorsqu'on exige trop, on se rend odieux ;
    D'ailleurs, ami de la justice,
    Toujours soumis à vos beaux yeux,
    Pour vous, pour moi, sans artifice,
Je m'explique en deux mots, mais ils sont sérieux :
    Ou *vivez mieux*, ou *vivons mieux*.

MADAME ALIX.

Dans un salon, à gauche, à droite,
Des jeunes gens allaient, venaient ;
La pièce, grande, était étroite
Tant et souvent ils se croisaient :
C'est qu'une femme et grande et droite,
A la mine toute benoîte
Malgré cinquante ans, qu'elle avait
Les accostait ou les suivait.
Elle tenait à bon lignage ;
Elle était riche, et l'on devait
A la maison qui recevait
Les égards que prescrit l'usage.
Les jeunes gens bien raisonnaient,
Comme à l'envi conciliaient
Avec grand soin, avec adresse
Leur liberté, la politesse :
A la dame un mot ils disaient,
La saluaient et s'esquivaient.
Près du foyer, et de son siége,
Un vieillard voyait le manège,
Et souriait malignement

De ce comique mouvement.
Un autre vieillard qui remarque
L'air gai de son contemporain,
S'approche de notre Aristarque
Et lui demande en bon voisin,
Son secret... — Soit, bien peu de chose
Souvent a banni le souci ;
J'étais triste et bientôt j'ai ri.
De ma gaîté voici la cause ;
Peut-être en rirez vous aussi.
Lorsqu'Alix, était jeune et belle,
La foule courait après elle ;
Trente ans de trop sur des appas
Font une impression profonde !
Dame Alix, disons-le fort bas,
Voyant qu'on n'est plus sur ses pas,
Est sur les pas de tout le monde.

LE DIGNE AMANT.

A l'avance je ris, lecteurs, de vous voir rire,
Alors que vous saurez ce que je veux vous dire,
Autrement, quand j'aurai conté
L'amour du gros Colin pour la charmante Elise,

De Colin l'extrême sottise ;
D'Elise la douce bonté.
Un garçon de trente ans et la simplicité !
        Non ! la chose n'est pas permise
Ou possible. Si fait, je parle avec franchise ;
Lisez, après, raillez en toute liberté,
        Bien fol est qui se formalise
Qu'on se moque de lui lorsqu'il est écarté ;
Moquez-vous, je suis loin. Rire est bonne devise
Quand l'auteur ou son œuvre à la malignité
        Fournit un accès de gaîté ;
        Et toutefois, quoiqu'on en dise,
        Mon conte est pure vérité.
Colin auprès d'Elise, assis sur la fougère,
Bien pathétiquement contait à sa bergère,
        En s'accompagnant de soupirs,
        Son tendre amour, ses vifs désirs.
Elise dont le cœur était simple et sensible
Pour Colin, faiblement se montrait inflexible,
Et prêtait même assez à la témérité.
Mais Colin, qui l'aimait avec naïveté,
Voulait tout obtenir d'un aveu bien notoire.
Elise, en palpitant, refusait ses faveurs.
Que fait le bon Colin ? Croyant en tirer gloire,
De la belle il s'amuse à chanter les rigueurs....
Le sot ! un pas de plus, il chantait sa victoire.

Ce dernier vers, très-chèrs lecteurs,
Vous est pris, je le vois à votre gai sourire ;
Tant mieux, car c'est prouver que lecteurs et conteurs,
Ont même goût pour la satire.

NAIVETÉ D'UNE MÈRE.

Douze lustres des plus complets,
Avec asthme, toux et gravelle,
Sont la richesse personnelle
Du chevalier des Cotterets ;
Mais deux cent mille écus bien nets
Séduisent tant que Péronnelle,
Jeune fille fringante et belle,
Prête l'oreille aux doux projets
Que s'était mis dans la cervelle,
Le vétéran des damerets.
— Que je te plains, chère poulette,
Lui dit-il, en la regardant,
D'épouser un si vert galant !
Si tu corresponds, mignonette,
A mon ardeur, avant un an,
Je te promets un bel enfant.
— Des enfans à notre fillette !
Observe la mère indiscrète,

Sans réfléchir, d'un air distrait :
Si Péronnelle, je le jure,
Eût dû payer à la nature
Ce tribut qui la charmerait,
Depuis longtems elle en aurait.
— Grand merci de la confidence,
Madame, je suis averti,
Et je renonce à ce parti
Qui n'est plus à ma convenance.
Je fus esclave de mes vœux
En tout tems, qu'il vous en souvienne ;
Et dans mes transports amoureux,
Je veux des enfans, oui, j'en veux...
De quelque part qu'il m'en advienne.

L'HEUREUX FRUIT DU SERMON.

Une fille s'est rencontrée
Qui par un mot, s'est illustrée
Dans son village, entendons-nous.
On m'a conté le mot, et vous le saurez tous,
Si vous lisez plus bas la chose rapportée.
Vous voilà prévenus, et, sans plus de façon,
Je vais, comme je sais, répéter la leçon.

Agnès traîtreusement quittée
Par Lucas, son ami le coq de la contrée,
Assistait un jour au sermon
Du fameux pasteur Bridainon.
Ce monsieur Bridainon n'était pas une bète;
C'était même une forte tête,
Et l'on pourra juger de son rare talent
A faire, en peu de mots, un sermon éloquent.
« Vous êtes tous de la canaille,
« Et vous ne vallez rien qui vaille,
« Je vous le dis tout net, filles, femmes, maris,
« Jeunes ou vieux, grands ou petits;
« Contre l'enfer, en vain, chacun de vous bataille,
« Crocs et grils infernaux s'apprêtent à loisir
« Près des chaudières éternelles;
« Patience; vos os et vos chairs criminelles,
« Mes bons amis, iront ou bouillir ou rôtir
« Selon des diables le plaisir...
Agnès, comme tout l'auditoire,
Croyait qu'il citait le grimoire;
Mais elle conçut, Dieu merci !
Bien mieux la suite, que voici :
« C'est vous surtout maudites races
« De séducteurs, dont les grimaces,
« Les deux propos, et l'air sournois,
« Seuls, mettent la vertu des filles aux abois;

« Vous n'aurez pas toujours d'aussi bonnes aubaines,
   « Et vous pairez bien vos fredaines,
   « Même celles qu'elles feront... ».
Agnès, en se frappant le front,
S'écria : Dieu ! que je suis aise !
Voilà mon Lucas condamné :
Je vais m'en donner à mon aise,
Pour que le monstre soit damné.

LE SAVETIER ET SA FEMME.

Vous connaissez, j'en suis certain,
Cet incomplet et vieux refrain,
Que l'on retient sans nulle peine :
   « Le Roi dit à la Reine,
   » La Reine dit au Roi »,
Et que chantait, à perdre haleine,
Un savetier près de chez moi.
Or, ce refrain dans le ménage
Du mélomane savetier,
Fut la cause d'un grand tapage
Et d'un fait quasi-meurtrier.
Un jour la dame savetière,
Cumulant l'emploi de portière,

Ne manquant pas de bon vouloir
Pour remplir du matin au soir,
Dans une liberté plénière,
Le rôle en chef de *Cancanière*,
Fut curieuse de savoir
Ce que le Roi dit à la Reine,
Ce que la Reine dit au Roi.
Sa question demeurait vaine,
Le savetier étant en veine
De chanter, dans un doux émoi :
    « Le Roi dit à la Reine,
    » La Reine dit au Roi » !
La savetière fit encore
Sa question, mais nettement.
Même silence. Elle pérore,
Et va jusqu'à l'emportement.
Le savetier s'impatiente,
Et lui répond qu'en pareil cas
Cela ne la regarde pas.
Piquée au vif et plus colère,
La dame, jure sur sa foi,
Qu'elle saura de bon aloi
Ce que le Roi dit à la Reine,
Ce que la Reine dit au Roi.
Pour le coup quittant son alène,
Et, cette fois, bien se fâchant,

Et son tire-pied saisissant,
Et sur sa femme l'appliquant
Vingt fois pour une en un instant,
Il lui dit : Voilà, ma mignonne,
Ce que mérite une personne,
Non pas à faire du sabat,
Mais à vouloir en étourdie
Se mêler de diplomatie,
Et des affaires de l'état.
Lesté par cette bonne aubaine,
Nouvelle depuis la quinzaine,
Le savetier rit à part soi,
Et, travaillant, reprend l'antienne :
     « Le Roi dit à la Reine,
     » La Reine dit au Roi ».
Craignant une leçon nouvelle,
Au moins aussi rude que celle
Qui cause encore son effroi,
La savetière se tint coi !

L'ADULTÈRE.

QU'EST-CE que *l'Adultère*,
Demandait Suzette à sa mère ?

A cette question, la mère n'a point ri,
    Comme on rit d'ordinaire.
Des propos d'un enfant qui vient, en étourdi,
    Vous prier de le satisfaire.
Répondre sur-le-champ, au hasard c'était faire
Un acte fort sensé, prendre un sage parti;
    La réponse fut prompte et claire,
Peut-être ingénieuse, et je la donne ici.
« C'est, dit-elle à Suzette, une femme, ma chère,
»Qui prend le bras d'un homme autre que son mari»
L'enfant est satisfait; mais le lendemain même
    Voyant, dans son plaisir extrême,
    Entrer le président Damon,
    Bon vieil ami de la maison,
Suzette à son papa, devant trente personnes
Que je ne tiendrai pas toutes pour être bonnes,
Dit: J'ai surpris maman et monsieur au jardin,
    En *Adultère*, ce matin.
    La pauvre enfant prétendait dire
Se promenant ensemble, oui; mais l'esprit malin
D'un côté fit rougir, et de l'autre, sourire.
    En faut-il plus pour la satire?
Expliquez aux enfans, mes amis, certains mots,
Et malgré tous vos soins, ils vous rendront fort sots.
    Pour ne pas nous laisser confondre
    Par le petit raisonnement

De fillette ou garçon , au lieu de lui répondre ,
     J'exprime ici mon sentiment ,
     Il faut s'écrier brusquement :
     Corbleu ! c'est me rompre la tête !
Cet enfant, se peut-il, veut rester une bête !
Parlez ? Que voulez-vous ? Vraiment ! Il n'en sait rien !
     Voyez, à son maintien stupide,
S'il a le sens commun ? L'enfant devient timide,
Il se trouble , il a peur. Vous rompez l'entretien,
Et l'enfant n'est instruit, ma foi, ni mal, ni bien.

LA QUESTION NON RÉSOLUE.

     Dans un cercle de jeunes fous ,
     Où , tout au plus , était un sage ,
     Chacun parlait du mariage ,
     Raisonnant sens dessus dessous.
     L'un en célébrait l'excellence ;
     Mais on sentait l'outre-cuidance
     A plus d'un propos aigre-doux.
     Un autre en disait pis que pendre,
     Et sans long-tems se faire attendre ,
     Il oubliait tout son courroux ;
     D'autres montraient un cœur fort tendre
     Pour ce beau lien des époux.

On parlait sans pouvoir s'entendre,
Le diable n'aurait pu comprendre
Ce long charivari de tous.
C'est qu'on voyait dans l'assemblée
Assez bon nombre de garçons,
A tête au mieux écervelée ;
Et, pour de trop bonnes raisons,
Des époux à l'âme troublée.
Chacun riait, parlait, criait,
Pensant qu'en maître il opérait.
Le désordre était exemplaire
En ce sens qu'il était parfait.
Cependant il faut d'ordinaire
En tout une solution ;
Et ce fut un célibataire
Qui résuma la question.
Je veux, dit-il, qu'on se marie,
La femme est la reine du cœur;
Sans une femme, qu'est la vie ?
Sans l'épouse, qu'est le bonheur ?
Époux, si je perdais ma femme,
Je la pleurerais sur mon âme ;
Long-tems je me désolerais,
Et puis je me remarierais ;
Puis enfin si la mort cruelle
Venait encor m'enlever celle

Qui me tiendrait dans ses doux nœuds,
Je... — D'honneur, c'est trop courageux,
Dit le plus grave personnage
De notre jeune aréopage...
Chacun le regarde. Il reprit ;
Voici mot à mot ce qu'il dit :
Que par un vulgaire système
On prenne une femme, c'est bien ;
Que, par étourderie extrême,
On ose en prendre une deuxième,
Je suis commode et ne dis rien ;
Mais serrez-moi d'un bon lien
Quiconque en prend une troisième....
Cette boutade de gaîté
Fit éclater l'hilarité.
Mais la question trop ardue
N'est point encore résolue ;
Or, la résoudra qui pourra,
Je suis... de ce sentiment-là.

ROCOCO.

Avisant l'amour en un coin
Je lui criai : que fais-tu là, beau sire ?
— Moi ? Je te guette. — D'un tel soin

Fort te dispense... Amour se prit à rire
Puis ajouta : Je vais dire à Thémire
Que tu la hais. — Oh ! traître amour ,
Lui répondis-je , à méchant tour
Reconnais bien ton âme indigne.
Alors amour me fait un signe
J'hésite , approche et puis le vois
Tirer un trait de son carquois
Et m'ajuster avec malice.
— Bon , bon , lui dis. De cet office
Plus n'est besoin. Ton serviteur,
Messer amour , sent assez sa douleur ;
Mais si veux lui rendre service
Et faire aussi bonne justice,
Vois Thémire et vise son cœur.
Ce conte, au tems jadis , soit dit sans artifice ,
Pouvait être passable, et plus , paraître bon ,
Suivant ce qu'on croyait le goût et la raison :
Alors le conte *marotique*
Entrait de bon aloi dans le genre *classique*.
Autre tems , autres mœurs, et surtout , vertigo ,
Et d'après l'école d'*Hugo*
Quiconque n'est pas *romantique*
Est, d'œuvres ou de fait, *perruque* ou *Rococo*.

LA FEMME INCORRUPTIBLE.

CONTE-ÉPILOGUE.

Sans me moquer de ce que l'on respecte ;
Sans être en fait un conteur libertin ,
J'ai quelque peu montré l'esprit mondain ,
Manifesté l'intention directe
De m'égayer aux dépens du prochain ,
Pour un conteur c'est un bien souverain.
Des bons maris , j'ai tracé les misères ,
Et des bons tours révélé les mystères.
Historien de ces événemens
Si gais, si fous, si piquans, si risibles ,
Qui font, hélas ! tant de gens mécontens ;
Qui font souffrir les âmes trop sensibles ,
Et pâmer d'aise, en nombre, les plaisans ,
Pour ces chagrins toujours fort indulgens,
Hors en un point , celui là qui les blesse.
Eux , à leur tour, ont ce succès flatteur ,
Et s'ils ont ri de maint trait de finesse ,
Et , plus souvent, de mainte maladresse ,
Croyant d'autrui persifler la douleur ,
D'autres riaient aussi de leur malheur.

Les bons époux ne sont pas tous victimes ;
S'ils sont tombés dans les mêmes abîmes ,
Ils se vengeaient. Et venant après eux ,
Je leur prêtais un secours généreux ,
En redisant leurs vengeances patentes
Par mes bons soins devenant plus piquantes.
Chacun gagnait au retentissement ,
Et l'offensé , vainqueur de son martyre ,
Et le public , qui deux fois pouvait rire ,
Du méchant tour et de son châtiment.
J'ai donc agi fort libéralement.
Ce n'est pas tout. Des histoires joyeuses ,
Pour le conteur , incessamment heureuses ,
Je suis passé sous de nobles drapeaux ;
J'ai combattu pour des sujets moraux
Fort peu nombreux, mais ce n'est pas ma faute,
La rareté n'en rendait pas moins haute
La mission qui plaisait à mon cœur ,
Malgré l'esprit un tant soit peu moqueur.
Ils sont passés les beaux jours de jeunesse ;
Arrivent trop les mauvais de vieillesse ;
Mais , grâce à Dieu , j'espère encore voir
Mes beaux matins reparaître le soir.
Sans nul regret , j'ai transcrit les folies
Que me donnaient , joyeuses et jolies ,
Les jeunes gens toujours audacieux ,

14

Toujours malins, toujours ingénieux.
Sans nul regret, j'ai raconté des femmes,
Les trahisons et les secrètes flammes;
Sans nul regret, j'ai médit des maris
Aux lacs d'amour surprenant ou surpris.
Sans nul regret, j'ai porté la bannière
Des gais conteurs dans l'immense carrière
Où les amours, honnêtes et décens,
Scabreux, fripons, illégaux, mal séans,
Offrent toujours matière à la satire,
Au rire-fou comme au simple sourire;
Et ce péché, que je commets encor,
Si c'en est un, me tient lieu de trésor.
Il est le bien, le vrai bien qui me reste;
Celui là, seul, à me fuir n'est pas leste;
Et je lui dois de pouvoir supporter
Force chagrins, tristes à rapporter,
Et tristes donc! pour qui peut les connaître!
Le sage souffre et ne le fait paraître.
Comme le sage un conteur a du sens,
Et de ses maux n'accable pas les gens.
De mes récits, quels qu'ils soient, je n'ai honte.
Le diable, après, peut y trouver son compte,
Mais je me ris, je le dis net et clair,
Des hommes noirs, de leur stupide enfer;
Piège grossier qu'avec art on sait tendre,

Au débauché, par son âge contrit ;
A maint fripon, que l'effroi force à rendre
Le moins qu'il peut de ce qu'il a pu prendre ;
A l'intrigant, à tout faible d'esprit ;
Au moribon, âme ou corps décrépit,
Race de gens que l'on ne peut défendre
Contre les peurs qui viennent les surprendre :
Seul châtiment que le ciel ait prescrit :
C'est là l'enfer quoique l'on en ait dit.
Un peu bien long est ce préliminaire,
Va-t-on me dire et j'en conviendrai fort.
Si pour le goût il n'est pas nécessaire,
Mon intérêt en couvrira le tort.
Je désirais qu'on sût ce que je pense ;
Ce que j'ai fait je l'avouerai toujours.
Pour ces aveux, montrez de l'indulgence,
Lecteur si bon, mon appui, mon recours,
Vous dont l'auteur reconnaît la puissance,
Et qu'il appelle avec reconnaissance
Soleil des arts, créateur des beaux jours.
Or, maintenant, plus de craintes secrètes
Sur le succès d'un recueil attendu.
Mon front d'auteur cesse d'être abattu,
Et l'âme en paix pour toutes mes goguettes,
Je vais finir par un trait de vertu.
Je voudrais bien dans ce que je vais dire,

Ne trop déplaire aux seigneurs de bureaux,
Seigneurs qu'on sait très petits ou très hauts,
Suivant le rang, et ce n'est pas médire,
Qu'on peut tenir sur eux ou dessous eux,
Au dernier cas, toujours assez chanceux
Quand l'employé n'est que célibataire ;
Mais a-t-il femme, oh ! c'est le nécessaire,
Le point donné, le vrai point de rigueur ;
Que la femme est jeune, jolie, aimable,
Douce d'humeur, en tout point confortable,
Et qu'il est, lui, des époux le meilleur ;
Que de sa femme il n'est jamais avare ;
Qu'à l'apropos, près du chef il se pare
De sa moitié, d'administration
Comptant toujours pour une portion.
Quand c'est ainsi que la chose se passe,
Inamovible il sera dans sa place ;
Ce n'est pour lui qu'est le mot *opprimé ;*
Ce n'est pas lui qu'en aucun tems l'on chasse
Par le salut : *Vous êtes supprimé* !
De l'employé qu'un doux hymen engage,
Du vieux garçon ou de l'homme en veuvage,
Voilà le lot ; mais, remarquez-le bien,
L'un craint beaucoup et l'autre ne craint rien.
Tout cela dit, passons sans plus attendre
A l'héroïne, objet de mon récit ;

Les nobles cœurs sauront bien la comprendre,
Et, digne d'eux, elle aura du crédit.
Elle était jeune, aimable, bonne et belle ;
Elle charmait par des attraits divers,
Objet d'amour, tout séduisait en elle,
Elle eût donné des lois à l'univers.
Et cependant ce trésor admirable,
En toute chose à lui seul comparable,
A son destin, modeste, avait lié
D'un ministère un honnête employé,
Au titre obscur d'expéditionnaire.
Par son esprit, homme trop ordinaire
Pour s'élever à de meilleurs emplois.
Tel qu'il était, elle en avait fait choix.
Un brillant chef du même ministère
La vit, l'aima. De ses soins prévenans,
Et de bon goût, il l'entourait sans cesse ;
Il était jeune, avait de la noblesse,
De la fortune et de rares talens ;
Il méritait les plus doux sentimens,
Et néanmoins, malgré ces avantages,
De longs soupirs et de tendres hommages,
Que les amours savent si bien compter,
Il n'avait pu séduire ni dompter
Ce cœur fidèle à des devoirs sévères,
Mais inconnus à des âmes vulgaires.

Seul avec elle , il lui disait un jour :
Vous connaissez l'excès de mon amour ,
Je ne viens point, subjugué par vos charmes ,
Vous implorer et préparer vos larmes
Si j'obtenais le don de votre cœur ,
Pour afficher , en indigne vainqueur ,
Le doux objet d'une tendre conquête.
Mon cœur est pur et mon âme est honnête.
De mon bonheur , incessamment jaloux ,
Je saurais bien le dérober à tous ;
Un grand secret, le plus profond mystère
Protégeraient celle qui m'est si chère.
— Je sais , dit-elle , et comme je le dois ,
Apprécier votre délicatesse.
Dans votre amour l'honneur a tous ses droits ,
Et pour vous seul paraîtrait ma faiblesse :
Sous ces rapports , j'ai confiance en vous ;
Je dirai plus : vous avez su me plaire ;
Mais n'espérez de cet aveu sincère
Aucun succès. Je suis à mon époux :
C'est un obstacle à jamais entre nous.
— Eh ! quoi ! madame , à ma vive tendresse
Vous répondez et le cruel devoir ,
L'impitoyable et sévère sagesse
Me raviraient pour jamais mon espoir !
Non ! non ! votre âme à la mienne est unie ,

Et nos deux cœurs se confondent en un.

Ah ! repoussez ce scrupule importun,

Et rendez-moi le bonheur et la vie,

Puisqu'entre nous le destin est commun.

Femme ordinaire , à vos charmes sans doute ,

J'aurais offert un tribut qui peu coûte

Lorsque l'on brigue un vulgaire succès ,

Et qu'en nos cœurs tous amours ont accès.

Mais ce n'est point ainsi que je vous aime ;

Pour vous aimer l'amour doit être extrême ,

Tel est le mien , car il est établi

Sur un ensemble en tout point accompli

De qualités vraiment incomparables ,

Qui ne pourraient en trouver de semblables.

Ce qui dans vous me plaît c'est , franchement ,

Votre vertu. — Jugez donc sagement.

Cette vertu , par vous-même chérie ,

Exigez-vous que je la sacrifie ?

A ce mot là le jeune séducteur

A ses projets renonce par honneur ,

Et remarquez combien il était digne

De recevoir une faveur insigne.

Il protégea l'époux trop fortuné ,

Sut respecter son épouse inflexible ;

C'est qu'honnête homme , homme surtout bien né ,

Il comprenait la *femme incorruptible.*

Dieu seul est grand ! dit l'orateur chrétien ;
Le diable est fin , dit le conteur payen.
Or , d'une part , jeune femme sensible ;
Un protecteur , placé d'autre côté ,
Le diable aidant , l'une est moins susceptible ,
Et l'autre acquiert plus de témérité.
Toujours le diable agissant en l'affaire ,
Il change en laid chaque beau caractère.
Chûte , succès , l'époux... et cœtéra ;
Il faut finir par en passer par là.
Arrière ! arrière ! ô langues infernales !
Ils n'ont pas lieu vos sinistres scandales ;
Tout fin qu'il est satan manque son coup.
Dans mes héros il n'est brebis ni loup ;
Conséquemment l'un ne croque pas l'autre :
Donc , mon récit vaut bien mieux que le vôtre !

POÉSIES DIVERSES.

ODE

SUR LE BON EMPLOI DU TEMPS.

Tel que tombe un torrent du haut des Pyrénées,
Tel que l'éclair léger s'échappe des nuées,
Le tems fuit loin de nous, il nous fuit sans retour,
Et les faibles mortels, en ce gouffre rapide,
Soit que l'aveugle instinct ou la vertu les guide,
Sont, hélas ! entraînés ensemble ou tour à tour.

Mais, d'une faible vie à tant de maux livrée
Si nos plaintes jamais n'allongent la durée,
Délaissés du présent, embrassons l'avenir :
Oui, de ce peu de jours une dépense utile,
Les vertus et les arts d'un être si fragile
Peuvent éterniser le noble souvenir.

Oui, les faits généreux, les sublimes ouvrages
Soulèvent les grands noms sur l'océan des âges,
Et le vulgaire seul y périt tout entier.
D'Homère et de César l'immortelle mémoire,
Leurs mânes rayonnans de vingt siècles de gloire
Enflamment à la fois l'artiste et le guerrier.

Thétis voudrait en vain, inconsolable mère,
Tenir Achille oisif sous le toit d'un vieux père ;
Il n'a point oublié les conseils de Chiron :
Dédaigneux d'une longue et stérile existence,
Aux bords du Simoïs, sa fougueuse vaillance
Court affronter Hector et l'avare Achéron.

Ainsi la Grèce a vu trois cents nouveaux Achilles
Briguer près de leur chef, entre les Thermopyles,
La gloire d'un trépas non moins noble et certain.
Avides de renom, ils prodiguaient la vie,
Et sous le coup fatal ils la voyaient suivie
Du glorieux éclat d'un jour pur et sans fin.

Cher Théophile, en qui la prodigue nature
Se plut d'unir aux dons d'une aimable figure
Un esprit si fécond, un cœur si généreux,
O d'un peuple poli l'ornement et l'idole,
Souviens-toi que tu dois à ce monde frivole
Les plus solides fruits de ces présens des Dieux.

L'AMOUR DES MUSES.

La douleur, la sombre tristesse,
Comme la froidure au printemps,
Frappant les fleurs de la jeunesse

Devancent l'injure du temps.
Un caprice de la fortune
Viendra d'une brigue importune
En un instant ravir le fruit.
Les catastrophes de notre âge,
De cette déité volage
A craindre les jeux m'ont instruit.

L'homme voit s'éclipser sans cesse
Tout ce qui brille autour de lui :
Sur quel bien sa triste faiblesse
Se fondera-t-elle un appui ?
Si pour les seuls trésors de l'âme,
L'homme d'un feu sacré s'enflamme,
Il jouit d'un constant bonheur,
Qui de la fortune légère,
Et du temps par qui tout s'altère
Ne craint point le cours destructeur.

Fille du Maître du tonnerre,
Vous venez du séjour des cieux
Consoler les maux de la terre,
Et rendre l'homme égal aux dieux.
Oui, c'est par vous ! troupe divine,
Qu'un mortel éclairé s'obstine
A braver les coups du destin :
Le Parnasse, asile des sages,

Elève au-dessus des orages
Un front radieux et serein.

Premier martyr de la sagesse,
SOCRATE, en tes sacrés remparts,
O PALLAS, fait voir à la Grèce
L'attrait tout puissant des beaux-arts.
Le chœur des Muses le contemple,
Et son cachot devient leur temple,
Où brûle le plus pur encens,
Lorsqu'au sage de la Phrygie
Son mâle et tranquille génie
De Phœbus prête les accens.

Quand l'exécrable tyrannie
Et des TIBÈRE et des NÉRON,
De Rome étouffant le génie
En flétrissait l'auguste nom,
Il restait encore un TACITE.
L'équitable Clio l'invite
A saisir ses pinceaux vengeurs :
Du monstre dont la hache est prête
A trancher son illustre tête,
Sans trouble il trace les horreurs.

Lorsque le chantre d'Herminie,
Que dévore un funeste amour,
Séparé de sa noble amie,

L'est peut-être, hélas ! sans retour,
De son affreuse solitude
Qui peut calmer l'inquiétude ?
L'unique charme des talens,
La tristesse même l'inspire ;
La voix plaintive d'une lyre
Rend ses malheurs moins accablans.

Mais dans les fastes du Parnasse
Est-il exemple plus fameux,
Plus fait pour la première place
Qu'Apollon exilé des Cieux ?
Les beaux-arts qui lui doivent l'être,
De son cœur faisaient disparaître
Les ennuis, les sombres regrets.
Aux campagnes de Thessalie,
Bientôt le dieu pasteur oublie
L'éclat de ses douze palais.

SUR LA MORT DE BERNARDIN DE SAINT-PIERRE.

IL n'est plus l'écrivain dont la voix noble et pure
Fit chérir du chrétien les dogmes consolans,
Et qui des novateurs confondit l'imposture
      Par ses rares talens !

Recueillez avec soin sa dépouille mortelle ;
Entourez-la de fleurs, hommes religieux,
Tandis que son esprit, d'une gloire éternelle,
    Rayonne dans les cieux.

L'Athée au cœur d'acier déshéritait le monde,
Quand BERNARDIN parut dans ce siècle pervers,
Et vengea, par sa plume heureusement féconde,
    L'Auteur de l'univers.

Lorsqu'il en décrivit les merveilleux ouvrages,
Le savant reconnut l'héritier de Buffon ;
Il chanta ses bienfaits, et fut mis par les sages,
    Au rang de Fénélon.

De l'élégant Lycée et du grave Portique
Ses écrits font pâlir le mérite vanté,
Autant que doit primer sur l'erreur sophistique
    L'auguste vérité.

Quel poète fameux de Grèce ou d'Ausonie
Pourrait de ses pinceaux égaler la douceur,
Lorsqu'il peint sous tes traits, aimable Virginie,
    La céleste pudeur ?

L'infortuné qui lit tes immortels ouvrages
Oublie, ô Bernardin, les injures du sort,
Et déjà croit goûter à l'abri des naufrages
    Les délices du port.

Eux seuls servant de guide à ma folle jeunesse,
De la religion m'imposèrent·le frein ;
Eux seuls m'ont fait montrer jusque dans la détresse
    Un front calme et serein.

Heureux qui, comme toi, loin des bords du Permesse,
Loin des sentiers battus du profane Hélicon,
Gravit, la lyre en main, dans une sainte ivresse,
    Les hauteurs de Sion !

Ici-bas du vrai Dieu ne cherchant que la gloire,
Du monde il méprisait les honneurs inconstans ;
Et le monde prend soin de sauver sa mémoire
    Des outrages du temps.

Dieu partage avec lui l'éclat qui l'environne :
Sur la terre et le ciel son génie exalté
S'élève éblouissant de la double couronne
    De l'immortalité.

CONTRE L'AVARICE.

    ...... Quid non mortalia pectora cogis.
    Auri sacra fames ?.....

           VIRG. *Enéid.* lib. III.

La terre est une table immense,
Que des immortels bienfaisans

L'infatigable providence
Sans cesse couvre de présens.
Mais l'injuste et sombre avarice
Ne veut pas que l'homme jouisse
A ce banquet de l'univers :
Le souffle de sa couche impure ,
Sur les fleurs, les fruits, la verdure ,
Répand le poison des enfers.

C'est elle, c'est ce monstre avide ,
Dont la criminelle fureur
Guida le premier parricide
Qui remplit Cybèle d'horreur.
Dégradant les vertus romaines ,
· Elle forgea d'indignes chaînes
Pour les malheureux Plébéïens :
C'est pour elle que Rome entière ,
Cherchant un exil volontaire ,
Se dépeupla de citoyens.

Que dis-je? Un bizarre caprice ,
Ou des dieux l'ordre souverain ,
Pousse la cruelle avarice
A déchirer son propre sein.
Rebelle à la faim qui le presse ;
Tandis qu'il couve sa richesse
Auprès d'un sépulcral flambeau ,

Surprenant le spectre livide,
La mort, justement homicide,
Change son trésor en tombeau.

La foudre en frappant un navire,
Et le brise et l'anéantit ;
Dans les flots l'équipage expire,
Un seul matelot lui survit.
C'est un Anglais! mais sans courage,
Jeté sur l'indien rivage
Il pleure et maudit son destin.
Perdu dans un espace immense,
Privé de tout, sans espérance,
Il doit expirer par la faim.

Oh! cruelle et lente agonie!
Faut-il donc si long-tems mourir!
Mais Dieu! qui le rend à la vie?
Quel être à ses yeux vient s'offrir?
Une femme! Elle est jeune et belle ;
Attraits, grâce, tout charme en elle,
Tout séduit, enchante le cœur :
Du souverain de la contrée
Azire est la fille adorée ;
Elle est l'image du bonheur.

L'Anglais la reçoit pour épouse
Des mains d'un père généreux ;

La fortune n'est point jalouse ;
L'Anglais voit combler tous ses vœux.
Mais des marchands de sa patrie
Que du gain entraîne l'envie,
Viennent commercer sur ce bord.
L'un d'eux voit et marchande Azire ;
Et le monstre prompt à souscrire
Vend sa femme pour un peu d'or.

Un monde inconnu vit encore
Dans l'innocence et dans la paix,
De l'astre puissant qu'il adore
N'estimant que les vrais bienfaits.
Averti de son existence,
Le monstre franchit la distance
Qui le soustrait à son pouvoir ;
Bientôt sa désastreuse rage,
Aux fils du soleil en partage,
Ne laisse que le désespoir.

Les trahisons, les injustices
Annoncent les fiers Castillans ;
Est-ce donc sur des artifices
Qu'on les jugea les plus vaillans !
Lâches et faux dans cette guerre,
Ils veulent gagner un salaire
Digne de leurs desseins pervers.

L'or est leur but , l'or fait leur joie ,
Et pour se saisir de leur proie ,
Ils mettent tout un peuple aux fers.

Mais d'une antique barbarie
Pourquoi citer les traits sanglans ,
Lorsqu'Albion , mère-patrie ,
Egorge à nos yeux ses enfans ?
Par son avarice hypocrite
WASINGTON entière est détruite ,
Et ses habitans massacrés.
Le seul nom de leur noble père ,
Que tout peuple libre révère ,
N'a pu rendre leurs murs sacrés.

COPENHAGUE aux flammes livrée ;
Les mers couvertes de *brûlots* ;
La discorde avec art semée ,
Partout d'innombrables suppôts :
De cette puissance cruelle
C'est la politique éternelle ;
Tout subjuguer elle prétend.
Vous qui briguez son alliance ,
Tremblez de votre confiance
Le sort de PARGA vous attend.

Ile infernale , affreux repaire

De léopards et de vautours,
Ta politique sanguinaire
Par ce forfait borne son cours.
Oui, ta dernière heure est venue ;
J'entends retentir dans la nue
La voix qui régla le cahos :
Frémis, la justice divine
Au monde annonce ta ruine,
Et va t'abîmer sous les flots.

Si l'amour énerve les âmes
Dans la mollesse et le repos,
Du mortel épris de ses flammes
Souvent il sait faire un héros.
L'ambition, féconde en crimes,
Enfante les vertus sublimes ;
Comme un torrent impétueux,
Epuisant sa fougue aux montagnes,
Fleuve paisible en nos campagnes,
Y porte un engrais fructueux.

Avarice ! sous ton empire,
Que devint l'opulent CRASSUS ?
A supplanter JULE il aspire,
Et n'est que rival de Crésus.
C'est ta voix, perfide Syrène,
Qui par l'appât de l'or l'entraîne

Vers un riche et funeste bord ;
Mais , tandis que près de l'Euphrate ,
D'un vaste butin il se flatte ,
Il trouve la honte et la mort.

Cependant l'âme libérale
Du vainqueur de l'Ebre et du Rhin ,
A Jupiter même l'égale
Aux yeux de l'avide Romain :
Par son adorable génie
César ôte à la tyrannie
Tout ce qu'elle avait d'odieux ;
Et Rome dont il est l'idole ,
Sur les autels du Capitole ,
Vivant le place entre les dieux.

Au-dessus de cette largesse ,
Qui , pour régner prodigue l'or ,
Osons élever la sagesse
Avare du public trésor.
C'est elle qui rend à la terre
Les biens qu'une funeste guerre
Jusqu'en leur source avait taris ;
Et dans l'enceinte de nos villes ,
Soutenant les travaux utiles ,
Fait respecter leur noble prix !

A ANACRÉON.

Le printemps, saison fortunée,
Rajeunit l'antique univers :
J'ai vu l'Amour et l'Hyménée
En riant parcourir les airs.

Alors que la rose nouvelle
Des sens dissipe la langueur,
La tendre voix de Philomèle
Pénètre jusqu'au fond du cœur.

Sectateurs heureux d'Epicure,
Dont jouir fut l'unique emploi,
Combien de la simple nature
Vos écrits renforcent la loi !

Toi surtout, qui par la paresse
Bercé dans le sein des amours,
Fis durer jusqu'à la vieillesse
Le charme des premiers beaux jours :

Honneur de la molle Ionie,
Voluptueux Anacréon,
La grâce forma ton génie,
Le plaisir fut ton Apollon.

De ton délicat badinage ,
Le cœur doucement agité ,
Bientôt s'oublie et croit qu'il nage
Dans un fleuve de volupté.

Si de la brillante Cythère
Les arts relevaient les autels ,
Vénus même en son sanctuaire
Redirait tes chants immortels.

D'autres que toi d'une maîtresse
Ont exalté l'attrait vainqueur :
Aucun n'obtint sur le Permesse
Ni ta gloire ni ton bonheur.

Chantre aimable , sois mon modèle
Dans l'art des vers et des plaisirs ;
Quand je ne célèbre ma belle
Que pour fixer mes souvenirs.

Tandis que je suivrai la trace ,
De tes écrits ingénieux ,
Si je puis imiter ta grâce ,
Je te mets au rang de mes Dieux.

MA PHILOSOPHIE.

Vous qui de la mélancolie
Vantez l'insipide douceur,
Sachez qu'une aimable folie
Seule ici-bas fait le bonheur.

Quand je vois briller sur ma tête
L'éclat d'un jour pur et serein,
Pourquoi redouter la tempête
Qui peut troubler le lendemain ?

Aux lois de l'aveugle fortune
Soumettons-nous aveuglément :
Toujours la prudence importune
Pour l'avenir perd le présent.

Des théologiens ou sophistes
Que produisent les songes-creux ?
Ils ne nous rendent que plus tristes
Et moins capables d'être heureux.

Loin de la Sorbonne gothique,
Fléau de la simple raison,
Loin du lycée et du portique
Je prends pour maître Anacréon.

Je veux dans sa douce incurie,
De mon destin suivant le cours,
Vider la coupe de la vie
Entre les arts et les amours.

Si par d'agréables caprices
La fortune prévient mes vœux,
Je nagerai dans les délices
Des festins les plus somptueux.

Mais, insensible à son injure,
Même au sein de la pauvreté,
Je retrouve la source pure
Des seuls vrais biens dans la santé.

Quand ce vieillard impitoyable,
Dont nul être ne fuit les coups,
Fera de sa faulx redoutable
Courber mes débiles genoux :

Qu'alors même une douce ivresse
Chassant loin de moi les ennuis,
Des fleurs de Gnide et du Permesse
Je ceigne mes cheveux blanchis :

Et lorsqu'en la fatale barque
Je passerai le fleuve noir,
J'irai chez le sombre monarque
Ainsi qu'aux spectacles du soir.

16

LE SONGE.

L'ɪɴᴊᴜsᴛᴇ rigueur de Climène
M'avait réduit au désespoir :
Je m'éloignai de l'inhumaine ,
Et jurai de ne la plus voir.

Trois fois sortant du sein de l'onde ,
Phœbus ranima les mortels ;
Trois fois la nuit couvrit le monde ,
Sans calmer mes chagrins cruels.

Du consolateur d'Ariane
J'implorai le puissant secours :
Bientôt son nectar diaphane
De mes maux suspendit le cours.

L'Amour par un trop doux mensonge,
Abusant mes faibles esprits ,
Me fit revoir Climène en songe,
Plus éclatante que Cypris.

Avec sa main douce et timide ,
Ayant saisi sa belle main ,
Vers moi sans parler il la guide ,
Et me regarde d'un air fin.

Qu'on est crédule quand on aime !
Je crus qu'un tendre repentir
Causait ce changement extrême ,
Et mettait fin à mon martyr.

Mais , hélas ! Climène , rebelle
Au Dieu dont je chéris la loi ,
S'enfuit se cacher sous son aile ,
Pour mieux se dérober à moi.

Cependant , piqué du caprice ,
L'Amour s'en éloigne à son tour ;
Et vengé de cette injustice ,
Plus calme , je revis le jour.

Frémis , ingrate : un tel présage
Sans doute est d'une déité ,
Qui d'un songe emprunte l'image
Pour te montrer la vérité.

Aujourd'hui d'un amant fidèle
Ton orgueil repousse la main ;
Tu penses toujours être belle ,
Et l'Amour te fuira demain.

L'HYMEN.

Hymen, que tu répands d'ivresse
Aux cœurs frappés des mêmes traits,
Le jour qu'une sainte promesse
Unit deux amans pour jamais !

C'est alors que la souvenance
D'un dépit, d'un secret chagrin
Rend plus douce encor ta présence,
De leur bonheur gage certain.

Sitôt que le flambeau du monde
S'est plongé dans le sein des eaux,
Hymen, une flamme féconde
Allume tes sacrés flambeaux.

Milton qui traça la peinture
De ces plaisirs mystérieux,
Pour sa palette chaste et pure
Fut le seul avoué des Dieux.

Quel touchant tableau vient d'éclore
Au réveil des heureux époux !
Comment Céphale et son Aurore
N'en pourraient-ils être jaloux ?

Au bonheur il vient de renaître
Ce mortel chéri des amours ;
De mille appas il est le maître ,
Et les possède pour toujours.

De sa beauté trop négligée ,
Il voit son amante rougir ;
Puis elle semble partagée
Entre la crainte et le désir.

Époux , ces chaînes fortunées
Dont l'hymen vient d'unir vos cœurs ,
Hélas ! elles sont destinées
A se flétrir comme les fleurs.

Ainsi que l'oiseau de passage ,
Qui s'envole avec le printemps ,
L'Amour, compagnon du bel âge ,
Fuit à l'approche des vieux ans.

Que chez vous puisse alors descendre
L'Amitié fille des Vertus ;
Et son commerce doux et tendre
Bannir les regrets superflus.

ÉLÉGIE.

LE COUVENT.

Sur ces fertiles bords , jadis si glorieux ,
Où Rome élève encor son front majestueux,
Amour, de ton flambeau les rayons solitaires
N'échauffent point ainsi les sombres monastères.
Une étroite cellule, asile de douleur,
De sa triste compagne isole chaque sœur.
Là, dans les vains regrets qui consument leur vie,
Qui d'entre elles ne voit presque d'un œil d'envie
L'indigent à la grille attendant le secours,
Soutien journalier de ses pénibles jours?
Pour elles un époux jeune, enflammé, fidèle,
Ne consacra jamais une chaîne éternelle.
Jamais l'œil d'un ami, tendrement indiscret,
N'épia, ne surprit leur sentiment secret.
Leur bouche aux plus doux noms, pour toujours étrangère,
N'apprit point à l'enfant le nom si doux de mère,
Qui, plus touchant encor par l'attrait de sa voix,
A l'amour maternel semble doubler ses droits.
Un sourire enfantin, cher prix de leur tendresse,
Ne calme point leur cœur, quand le chagrin l'oppresse.

Vois cette malheureuse, au milieu de la nuit,
Seule avec le regret qui sans cesse la suit,
Veiller, gémir, pleurer, s'abîmer dans ses peines,
Se rappeler le monde et maudire ses chaînes;
Puis, lorsqu'un flot de pleurs a refroidi ses sens,
Reconnaître l'erreur de ses vœux impuissans,
Et rougir de trouver la nature rebelle,
Triomphant de Dieu même en une âme infidelle.
Vois de larmes encor ses beaux yeux s'obscurcir:
Elle attise sa lampe, et l'éteint d'un soupir.
Cet austère séjour d'un éternel silence,
Où ne saurait fleurir la riante espérance,
Ne s'éclaircit jamais d'un rayon de bonheur.
Cependant, des mortels, commun consolateur,
Si le sommeil enfin daignant y prendre place
Des biens qu'elle a perdus reproduit quelque trace,
Soudain elle tressaille, entr'ouvre un œil lassé,
Et soupire de voir ce vain songe éclipsé.
Son cœur est abattu; de son poulx qui s'altère
A peine on sentirait battre la faible artère,
Et d'un corps épuisé ce languissant ressort
Avec des maux sans fin est dans un triste accord.

HÉROÏDE.

ARIANE A THÉSÉE.

Siccine me patriis avectam, perfide, ab oris,
Perfide, deserto liquisti in littore, Theseu!
Siccine discedens, neglecto numine divûm,
Immemor, ah! devota domum perjuria portas!
Catul. in Epithal. Pelei et Thetyd.

N'ESPÈRE pas me fuir, cœur parjure et sans foi:
Un souvenir fatal me rapproche de toi.
En vain, pour éviter l'importune pensée
D'Ariane séduite et par toi délaissée,
Tu t'éloignes des lieux témoins de tes sermens :
Tu ne peux te soustraire à mes gémissemens ;
Tu n'empêcheras point que ta faible victime
Te reproche à la fois son erreur et ton crime.
Tu crains que je n'échappe à ces sauvages bords,
Tu crains avec raison mes pleurs et tes remords,
Et que les justes Dieux exauçant ma prière,
En te frappant cruel n'épouvantent la terre.
Rassure tes esprits: mes vœux sont impuissans,
J'invoque la mort seule et déjà je la sens;
Victime infortunée à sa faulx je me livre :
Tu cessas de m'aimer, je dois cesser de vivre.
Loin de moi sois heureux, je ne m'en plaindrai pas:
La perte du bonheur est un premier trépas.
Mais, Thésée, à ma mort accorde quelques larmes,
Et mes derniers momens pourront m'offrir des charmes.

Dis à tes citoyens : La fille de Minos,
Pour venger vos enfans, expire dans Naxos.
C'est peu : Dis-leur aussi que je fus ton amie,
Que tu me dois l'honneur, le triomphe et la vie ;
Qu'on sache que sans moi le monstre destructeur
Eût sur le fils d'Egée assouvi sa fureur ;
Que je trahis pour toi ma patrie et mon père,
Et qu'enfin j'immolai le vengeur de mon frère.
Peins-leur tout mon amour, peins-leur mon triste sort;
Dis-leur : Elle m'aimait, je lui donnai la mort.
    Je termine, ô Thésée, une inutile plainte ;
J'approche de ma tombe et je la vois sans crainte:
Je ne regrette rien. Esclave de l'amour,
J'oubliai jusqu'aux Dieux dont j'ai reçu le jour ;
Il m'en souvient, hélas! quand la mort me menace,
Je ne puis démentir la grandeur de ma race ;
Je ne reconnais plus, digne de mes aïeux,
Et Thésée et l'Amour pour mes suprêmes dieux.
Que dis-je? ô destinée ! Interdite, éperdue,
Malgré moi sur les flots je dirige ma vue.
Je ne découvre point les rapides vaisseaux
Qui portent mon vainqueur et l'auteur de mes maux·
Que fais-tu maintenant? Peut-être une autre amante
Entoure de lauriers cette tête charmante,
L'image de l'amour qui causa mon erreur,
Et qui m'embrase encor lorsqu'il fait mon malheur.
S'il était vrai, Thésée… ah ! ce soupçon m'accable!

De t'aimer comme moi serait-elle capable ?
Eût-elle comme moi , fille d'un roi puissant ,
A l'univers entier préféré son amant ?
Eût-elle, de l'amour , effort le plus sublime ,
Adoré l'infidèle et pardonné son crime ?
Eût-elle , abandonnée au milieu de la mer ,
En faveur d'un ingrat supplié Jupiter ?
Elle t'aurait maudit : Ariane t'adore ;
Sûre de tes mépris , elle t'appelle encore.
Dieu qui fais mon supplice, Amour, sois généreux,
Rends le calme à mon cœur, et Thésée à mes vœux ;
Inspire à mon amant le transport qui m'enflamme,
Ou porte, par pitié , sa froideur dans mon âme.
Si tu ne peux vers moi ramener l'inconstant ,
Qu'il demeure étranger au plus tendre penchant ;
Que , s'il brûle jamais , un feu sans espérance
Lui fasse à chaque instant éprouver ma souffrance,
Et qu'enfin , sans pouvoir jouir de ta douceur ,
Qu'il meure comme moi d'amour et de douleur.
Malheureuse, où m'emporte un impuissant délire ?
Je veux haïr Thésée , et pour lui je soupire :
Et quand je l'ai perdu , je crois à son retour
Pour soutenir ma vie et chérir mon amour.

Adieu, perfide amant , que malgré moi j'adore,
Pour la dernière fois, je m'abaisse et t'implore ;
Entends mes cris, reviens, prévois mon désespoir :
Il est des dieux vengeurs , redoute leur pouvoir.

ÉPITRES.

A UN AMI.

TANDIS qu'une folle jeunesse,
Qu'entraîne la fougue des sens,
Ose mépriser du Permesse
Les plaisirs purs et ravissans,
Bien plus sagement tu t'amuses
Et disposes de tes beaux jours,
Faisant, avec les doctes Muses,
Folâtrer les tendres Amours.
Aimable favori des Grâces,
Qui de Phœbus et des neuf sœurs
Suivent fidèlement les traces,
Ton goût seul subjugue les cœurs,
Lorsque ta voix pure et facile,
Délices d'un sexe enchanté,
Lui rend de Racine ou Virgile
Plus touchante encor la beauté.
Mais, combien tu sais mieux séduire
Par tes érotiques chansons,
Lorsqu'un voluptueux délire,
Inspirateur des plus doux sons,
Monte les cordes de ta lyre !

Trouverait-il des cœurs ingrats,
L'enfant du Pinde et de Cythère,
Qui, dans l'heureux âge de plaire,
Fait pour les plaisirs délicats,
Sans trahir l'amoureux mystère,
Sait de la craintive bergère
Vaincre et célébrer les appas?
Poursuis : Laisse nos jeunes fats,
Faux interprètes d'EPICURE,
Nous répéter que la nature,
Qui prodigue tout sur leurs pas,
Veut qu'on jouisse sans mesure
Des biens qu'elle ne compte pas;
Que du bel esprit est la dupe
Quiconque follement s'occupe
A retracer des souvenirs,
Tandis que le temps, par sa fuite,
Ainsi que l'amour nous invite
A contenter d'autres désirs.
Puisque la nature est leur guide,
Sans sortir des jardins fleuris
Ou d'Amathonte ou de Paris,
L'exemple de l'insecte avide,
Emblème du maître de Gnide,
Leur donne de plus sûrs avis.
Tant que le zéphir de ses ailes

Fait éclore des fleurs nouvelles ,
Le vif et brillant papillon
N'a qu'à choisir parmi ces belles ;
Mais au retour de l'aquilon
La nature entière abandonne
Le triste insecte en sa prison ,
Sans que de Flore ou de Pomone
Il lui reste le moindre don.
Cependant , les sages abeilles
Savourent le fruit de leurs veilles ,
Ces sucs , nectar délicieux ,
Que dans les crétoises campagnes ,
Les nymphes , ses tendres compagnes ,
Servaient au monarque des dieux.

A UN HOBEREAU.

On dit que feu ton ladre père ,
Sur la cour et sur le grenier
De ne sais quel propriétaire
Ayant grapillé maint denier ,
Devint par ce beau savoir faire
Laboureur de sa propre terre ;
Ce qui d'évêque être meunier
Est précisément le contraire,

17

Mais, ne sachant là s'en tenir,
Songea-t-il pas, le pauvre hère,
Malgré nature à t'ennoblir?
Il acheta pour cette affaire
Certaine charge à ne rien faire,
Qu'un roturier pouvait remplir.
Par un terme assez malhonnète,
Le noble, jaloux et malin,
A désigné cette recette
Qui change en or le vil étain ;
Car il l'appelle savonnette
A débarboniller un vilain.
Or, pour en venir à ma fin,
Est-ce à tort que l'on s'évertue,
Et ne peut-on rire entre soi,
Lorsque tes fils autour de toi,
Suivant une tout autre vue
Que celle du grand père Eloi,
Vont prendre femme à la charrue?
Chose que n'auraient jamais crue
Les gens qui virent le sabbat,
Qu'on te fit pour tel mariage
Avec fille de mince état :
Honteux écart de ton jeune âge !
Sujet de scandaleux éclat !
Contre les droits de la nature

Ainsi tous nos efforts sont vains :
Géants n'engendrent pas des nains ,
Manans n'engendrent que roture
En dépit des beaux parchemins.
Ainsi la même savonnette ,
Qui jadis te lava la tête ,
Vient de servir entre les mains
De l'époux d'Anne ou de Toinette ,
A savonner d'autres vilains.

FABLE.

LES DEUX COQS.

Deux coqs , dans une basse-cour ,
Vivaient en souverains. Les poules d'alentour
Se soumettaient à leur empire ,
Partant , s'offraient à leur amour ;
A la force toujours la beauté vient sourire.
Mais l'un de nos deux coqs, que chaque poule admire,
N'est point heureux ; voici pourquoi :
Il était doux , simple , modeste ;
Il ne donnait jamais la loi.
L'autre était pétulent et leste ,
Inconséquent , brillant , pimpant ,
Impertinent , extravagant ,

Un peu brutal avait le geste ;

Le discours parfois immodeste ;

De l'amour propre au plus haut point,

Or, tout en lui cédant, on ne l'estimait point.

Le premier, malheureux d'être né trop sensible,

Ne servait qu'une belle et vivait chastement :

    C'était là son tempérament,

Chose très-vraie en fait ; en droit, presqu'impossible.

L'autre qui n'aimait rien usait fort librement

    Des beautés qui portent plumage,

    Et tandis que l'honnête sage

Dans un coin soupirait bien amoureusement,

    Son rival causait maint ravage,

    Comme cent coqs faisait tapage ;

    Incessamment se pavanait,

    Gonflé de son rare mérite,

    Montrant bien à qui l'écoutait

    Qu'à son égard l'on était quitte

    Lorsqu'en tout on ne l'admirait.

C'étaient là son plaisir et son unique étude.

Quiconque fait du bruit plaît à la multitude ;

    Qui vit en sage est inconnu.

    Le coq discret au dépourvu

    Se voit bientôt ; car son amante

    Que lassent les tendres langueurs

    Du coq léger qui la tourmente,

Va briguer, à son tour, les superbes faveurs.
　　L'autre le voit et se lamente,
Accuse le destin et conserve ses mœurs.

A peu de nos messieurs l'un de nos coqs ressemble;
　　Mais coq libertin et fêté
Verra dans ce pays qui toujours les rassemble,
D'innombrables rivaux de sa fatuité.
Jeunes gens, évitez de nos *fashionables*
　　Les travers et la vanité ;
Et redoutez surtout leurs succès déplorables.
On trouve le plaisir dans la frivolité ;
Mais jouir est bien peu quand la légèreté
　　De ses heureux fait des coupables.

LE RÉVEILLON.

AIR : *Du vaudeville de Jean Monet.*

Pour un chrétien quelle joie !
Pour un gourmand quel bonheur !
Au premier le ciel envoie
Dans un enfant un Sauveur ;
　　Au second,
　　Moins profond,
Sur un cas de conscience,

Le ciel donne la croyance
Au moment du *Réveillon*.

Francs buveurs , franches dévotes ,
A l'église , au cabaret ;
Vieilles prudes , jeunes sottes
Au sein d'un réduit secret ,
    En chanson ,
    Sainte ou non ,
Célèbrent à leur manière
Ou le ciel ou la matière
Pendant tout le *Réveillon*.

Edifiés de l'exemple ,
Passons gaîment cette nuit ;
Que ce lieu soit notre temple ,
Le jour du plaisir y luit.
    Sans jargon ,
    Sans façon ,
Prenons chaque femme aimable
Pour la reine de la table ,
Et le dieu du *Réveillon*.

CHANSONNETTE.

AIR : *à faire*

Amis , garçons et filles ,
Si joyeux , si gentilles ,
Chantons : Vive l'amour !
Qui ne dure qu'un jour ! !

Dans l'âge heureux de plaire ,
De briller , de charmer ,
Rien ne doit nous distraire
Du doux plaisir d'aimer.
Cédons aux vives flammes ;
Recherchons les succès ;
Mais , messieurs et mesdames ,
Ne nous fixons jamais.
Amis , etc.

Une belle m'enchante ,
L'aimerai-je demain ?
Sera-t-elle constante ?
Cela n'est pas certain.
Aimons une journée ,
C'est assez se lier.

Un jour , c'est une année ,
Plus , c'est un siècle entier.
Amis , etc.

Les femmes sont des roses ;
On nous dit papillons ,
Car sont-elles écloses
Près d'elles nous volons.
Et belles et coquettes ,
Elles briguent nos vœux.
Nous sommes leurs conquêtes...
Mais nous sommes heureux.
Amis , etc.

Cette philosophie
A trouvé des censeurs ;
N'importe ! Que la vie
Soit un chemin de fleurs.
Une ivresse amoureuse
Convient à nos beaux ans ;
La raison trop grondeuse
Ne va qu'aux cheveux blancs.
Amis , etc.

Faisons mille folies ,
Savourons les plaisirs ;
Près de femmes jolies

Renaissent les désirs.
La vie est un délire ,
Dit un froid raisonneur ;
Soit. Mais aimer et rire ,
N'est-ce pas le bonheur ?
Amis , etc.

Or, quels que soient notre âge ,
Notre goût, notre esprit ,
Il faut suivre l'usage
Que le cœur nous prescrit.
Le cœur veut la tendresse
Avec le changement ;
Et c'est de la sagesse ,
De répéter gaiment :

Amis, garçons et filles ,
Si joyeux , si gentilles ,
Chantons : Vive l'amour !
Qui ne dure qu'un jour ! !

AMOURS D'UN TROUBADOUR.

ROMANCE.

SIMPLE Troubadour adorait
Damoiselle jeune et sensible ;

Puissant seigneur la recherchait
Et ne la trouvait qu'inflexible.
Vous qui souffrez du mal d'amour,
Ayez bonheur du Troubadour.

Le Troubadour bien amoureux
Se voit aimer tout comme il aime;
Amant fidèle, amant heureux,
Il goûte le bonheur suprême.
Vous qui souffrez du mal d'amour,
Aimez comme le Troubadour.

Le Troubadour est assidu;
Mais il a secrète souffrance;
Triste, rêveur, sombre, éperdu,
Il pressent du sort l'inconstance.
Vous qui souffrez du mal d'amour,
Tremblez pour le bon Troubadour.

Un jour, accablé de tourmens,
Au sommeil il fait sa prière,
Et le sommeil quelques momens
Vient fermer sa triste paupière.
Vous qui souffrez du mal d'amour,
Craignez sommeil du Troubadour.

Il rêve et voit dans ses transports,
Auprès de celle qu'il adore,

Ce fier seigneur dont les efforts
Domptent la beauté qui l'implore.
 Vous qui souffrez du mal d'amour ,
Calmez réveil du Troubadour.

Le Troubadour, plein de terreurs ,
S'éveille, s'arme , est chez sa belle.
Tendre amour ! sa belle est en pleurs ,
Et son rival sourit près d'elle.
Vous qui souffrez du mal d'amour ,
Voyez frémir le Troubadour.

« Vil suborneur, défends tes jours , »
Dit le Troubadour en furie.
Le seigneur tombe... et pour toujours
Le Troubadour venge sa mie.
Vous qui souffrez du mal d'amour ,
Ainsi punit un Troubadour.

« Beau Troubadour , mon doux désir
« Etait de vivre en ta puissance ;
« N'ai plus d'honneur ; mais sçai mourir :
« Pleure et garde-moi souvenance... »
Vous qui souffrez du mal d'amour ,
Oh ! consolez le Troubadour.

Le Troubadour veut , mais en vain ,
Sauver les jours de sa maîtresse :

Le sang colore son beau sein ,
La mort s'avance avec vitesse.
Vous qui souffrez du mal d'amour,
Pleurez avec le Troubadour.

« N'attends pas de faibles regrets ,
« Modèle des plus nobles dames ;
« Toujours blessés des mêmes traits ,
« La mort va réunir nos âmes. »
Vous qui souffrez du mal d'amour,
La mort n'est rien pour Troubadour.

Le Troubadour s'est immolé
Du même fer que son amante ;
Sur leur tombe amour désolé
Ecrivit d'une main tremblante :
« Vous qui souffrez du mal d'amour,
« Souvenez-vous du Troubadour. »

LE PALADIN.

CHANSON-ROMANCE.

Un Paladin , jeune héros ,
Aimait une beauté légère ;
Le Paladin , toujours dispos ,
Chantait l'amour , faisait la guerre.

Amant , soldat et troubadour ,
Au Parnasse , au champ de la gloire
On l'admirait. Le seul amour
Arrêtait sa triple victoire.

Fier Paladin , gai troubadour ,
Jeune amoureux des plus fidèles ,
Devraient triompher chaque jour
De leurs rivaux et de leurs belles.
Du Paladin , les doux égards
Sur sa dame n'ont d'influence :
L'amour avec Phœbus et Mars
N'est pas toujours d'intelligence.

Le Paladin , en gémissant ,
Se jette aux pieds de son amante ;
Les yeux éteints, d'un ton touchant
Il lui peint sa flamme constante.
La belle rit. Dans son ennui ,
Le bon Paladin se désole...
Erreur ! Les sots , comme aujourd'hui ,
Jadis charmaient femme frivole.

Le Paladin croit s'exempter ,
En fuyant du trait qui le blesse ;
En poète il voudrait chanter ,
Et ses sujets sont sa maîtresse :

On aime le chant des amans ;
Mais les langueurs sont indiscrètes :
Diversité dans tous les temps ,
Fut la devise des poètes.

Vaincu dans les jeux de l'esprit ,
Le Paladin l'est chez Bellone ;
Bientôt la douleur le flétrit ;
A ses chagrins il s'abandonne.
Grands dieux ! pourquoi donc ce malheur?
Le Paladin était si brave.... !
L'homme est grand s'il dompte son cœur ,
Et s'il lui cède il est esclave.

Le Paladin se sent mourir
De se voir loin de son amie.
Mais l'imprudent semble chérir
Et sa honte et sa triste vie.
Vous qui pouvez choisir encor ,
Vous devez voir , en homme sage ,
Dans femme sensée un trésor ,
Le malheur dans femme volage.

VERS SUR GILBERT ET MALFILATRE.

Le dieu des arts a vu Gilbert et Malfilàtre,
Que traitait la fortune en cruelle maràtre ;

Du génie à ses coups opposant tout l'effor,
Prendre sur le Parnasse un immortel essor :
Ainsi l'oiseau divin, ministre du tonnerre,
Tandis qu'un noir orage épouvante la terre,
D'un vol hardi s'élève à la voûte des cieux,
Et boit tranquillement dans la coupe des dieux.

A LA ROSE

STANCES.

REINE des fleurs, qui ne brilles qu'un jour,
Puisse ton sort apprendre à ma bergère
Que la beauté, sous l'empire d'Amour,
N'est, par malheur, que simple passagère !

Plus sage qu'elle, aussitôt que Zéphyr
En se jouant a dévoilé tes charmes,
Au papillon empressé de jouir,
Fleur de Vénus, tu rends soudain les armes.

Peut-être, hélas ! dès le second matin,
Le papillon te reverra fannée :
Ton règne est court ; mais bénis le destin,
Puisqu'il te fit heureuse une journée !

PHILOSOPHIE.

LE monde en proie à l'humaine folie
Est une tragi-comédie.
Les orageuses passions
Ici du spectateur excitent les alarmes ;
Et plus loin , reproduits en cent mille façons ,
Nos travers le font rire aux larmes :
Autrefois on m'a trop vanté
Ce sage qui riait sans cesse.
Toujours rire est d'un sot ou bien d'un cœur gâté.
Non moins choqué de la faiblesse
D'Héraclite, en tout temps et de tout contristé ,
Je mets au rang des fous ces deux sages de Grèce ;
Je dis : Heureux celui dont la sagesse
Marche entre ces excès pleine de fermeté ,
Et pèse avec intégrité
Les vices , les vertus, le plaisir et la peine
Que la nature souveraine
Dispense parmi les humains.
Content de ces heureux destins ,
Spectateur raisonnable et non pas insensible ,
Chez lui l'esprit s'amuse des travers
Qui rendent la scène risible ,

Et le cœur plaint les maux divers
Qui la font touchante ou terrible.

ÉPIGRAMMES.

TIRÉE DE L'ANTHOLOGIE.

J'ADMIRE ce cachet où l'enfant Cupidon
Soumet à son caprice un superbe lion.
   D'une main fouettant sa crinière,
De l'autre avec le frein courbant sa tète altière,
     Il mêle à ces terribles jeux
     Je ne sais quoi de gracieux
     Qui me fait trembler davantage.
Lorsqu'on voit du lion le naturel sauvage
     Fléchir sous de si tendres mains,
Pourrions-nous nous flatter, trop faciles humains,
     D'échapper au même esclavage?

LE CAFÈ VALOIS.

Nous voilà, que faut-il à monsieur le Marquis?
Chocolat ou café, beefstecke ou bavaroise,
   Ou tranche de veau de Pontoise?
S'il veut prendre un sorbet, nous en avons d'exquis.

—Messieurs les conscrits de l'an dix,
Vous aurait-on payés, du Corse bons apôtres,
Pour vous jouer ainsi d'un homme tel que moi?
Ne savez-vous pas que nous autres,
Chevaliers d'outre-mer, et gens de franc-aloi,
Ne prenons que l'argent du roi?

LES MAUVAIS VERS EXCELLENS.

Je veux te l'entendre avouer :
Quoi! sans rougir tu peux louer
Les vers du poète Cléante?
— Mon ami, sa fille est charmante.

LA BROUILLERIE AMOUREUSE.

Éloignez-vous, monsieur. — J'obéis, inhumaine.
— Ne me revoyez plus. — Ne pensez plus à moi.
— Vous m'êtes odieux. — Je vous quitte sans peine
— Je vous hais à la mort. - Moi, je brise ma chaîne;
Je suis libre et content. — Fuyez, homme sans foi;
Je ne ne vous aimai point. — Je feignis la tendresse.

—Vous me faites horreur: ensemble terminons.
—Pour toujours?-Oui, toujours.-S'il est ainsi, traîtresse,
Scellons par un baiser ce qu'ici nous jurons.
—Très-volontiers, monsieur. —Oh ! nous nous adorons.

L'AMOUR CONSÉQUENT.

Laure est riche, il est vrai, mais Laure est des plus laides;
Elle est vieille, très-vieille, et près de trépasser ;
Et pour l'unir à toi , cependant , tu l'obsèdes.
— Morbleu, sans tout cela, voudrais-je l'épouser?

SUR LES OEUVRES DE ***

Ces œuvres, dites-moi, sont-elles bien complètes ?
-Très-complètes, monsieur.- Combien les vendez-vous?
-Cent écus.-Cent écus! c'est beaucoup entre nous.
Je n'ai, je l'avouerai , besoin que des vignettes.
- Le prix ne change pas. - D'honneur, j'en suis fâché...
Et les vers ? — Ils étaient par-dessus le marché.

LA FAUSSE MODESTIE.

Damon se dit un sot. J'ignore son projet ;
Mais il affecte ici ce qu'il est en effet.

L'HOMME INTÈGRE.

CHASSE le trouble de ma tête....
— A ta pièce je me trouvais.
— Bien. Mais on a dit, on répète
Qu'en applaudissant tu sifflais.
— Je te sifflais comme poète;
Comme ami, je t'applaudissais.

LE GASTRONOME.

APRÈS un grand dîner, monsieur de Richenterre
D'objets fort importans semble préoccupé.
Quelqu'un lui dit: Eh bien! n'êtes-vous point frappé
Des prodiges nombreux qu'en ce siècle on voit faire?
Lors de son ventre plein tirant un gros soupir,
Sans toutefois montrer ni peine ni plaisir,
Moi, monsieur? répond-il, point du tout, je digère.

FIN.

TABLE DES MATIÈRES.

FIN DE LA TABLE.

Imp. Pollet, Soupe et Guillois,
rue St-Denis, 380.

www.ingramcontent.com/pod-product-compliance
Lightning Source LLC
Chambersburg PA
CBHW051814020726
47502CB00005B/1458